Te ajudarei a ir se quiseres

Romance
2017

ANA BEATRIZ MANIER

Te ajudarei a ir se quiseres

InMediaRes

InMediaRes

Capa e projeto gráfico: Mariana Mendes
Diagramação: Mariana Mendes
Revisão: Maria Fernanda Macedo
Foto da autora: Rosana Barroso

Os personagens e as situações apresentados nesse livro são ficcionais.

Dados Internacionais de Catalogação na Publicação (CIP)

M278t
Manier, Ana Beatriz, 1965-
Te ajudarei a ir se quiseres / Ana Beatriz Manier- 1ª edição – Nova Friburgo - RJ:
InMediaRes, 2017
251 p.
ISBN: 978-85-94016-00-3
Romance brasileiro. 2. Terceira idade. I. Título

821.134.3(81)
CDD:B869.93

Educatoris Instituto de Educação Multidisciplinar Ltda
Rua Abdo Abi-Ramia, 81
28630-090 - Nova Friburgo – RJ

www.inmediares.com.br

Para mães e filhas

Quando Ismália enlouqueceu,
Pôs-se na torre a sonhar...
Viu uma lua no céu,
Viu outra lua no mar.

No sonho em que se perdeu,
Banhou-se toda em luar...
Queria subir ao céu,
Queria descer ao mar...

E, no desvario seu,
Na torre pôs-se a cantar...

Estava perto do céu,
Estava longe do mar...

E como um anjo pendeu
As asas para voar...
Queria a lua do céu,
Queria a lua do mar...
[...]

O telefonema

Capítulo 01

Já passava das nove quando o telefone tocou. Sobre o carrinho de chá entre as poltronas cativas, seu toque estridente e próximo me fez pular. Eu assistia à novela junto com meu marido e não pude deixar de resmungar com a chegada de tão indesejada e sonora interrupção.

Atendi sem tirar os olhos da tela e ouvi uma voz do outro lado da linha. Não reconheci a voz. Era de alguém que não conhecia, sem dúvida, mas, ainda assim, soou familiar. Uma voz masculina, pausada, um tanto [illegible], como se [illegible].

— [illegible] Laura? [illegible]

Assim que confirmei ser eu ao telefone, tudo o que ouvi foi uma súplica para que não o esquecesse. Conseguiria sobreviver à minha ausência física, mas não suportaria não habitar mais meus pensamentos, meus desejos, minhas fantasias. Não suportaria perder meu coração.

Meu marido, ao lado, estranhou meu silêncio e minha perplexidade. Perguntou do que se tratava, quem era, o que queria. Seria possível alguém [illegible] tar assistindo à novela?

Já passava das nove quando o telefone tocou. Sobre o carrinho de chá entre as poltronas cativas, seu toque estridente e próximo me fez pular. Eu assistia à novela junto com meu marido e não pude deixar de resmungar com a chegada de tão indesejada e sonora interrupção.

Atendi sem tirar os olhos da tela e ouvi meu nome do outro lado da linha. Não reconheci a voz. Era de alguém que me conhecia, sem dúvida, mas, ainda assim, nada familiar. Uma voz masculina, gutural, um tanto arrastada, como se sob efeito de álcool.

– Sim, sou eu. Laura. Quem fala?

Assim que confirmei ser eu ao telefone, tudo o que ouvi foi uma súplica para que não o esquecesse. Conseguira sobreviver a minha ausência física, mas não suportaria não habitar mais meus pensamentos, meus desejos, minhas fantasias. Não suportara receber o meu cartão.

Meu marido, ao lado, estranhou meu silêncio e minha perplexidade. Perguntou do que se tratava, quem era, o que queria. Seria possível alguém não estar assistindo à novela?

Fiz sinal para que ficasse quieto por favor e parasse de gesticular. Voltei a atenção para aquela voz estranha, agora já estranhamente familiar, e perguntei novamente quem falava. Senti uma pontada no estômago ao ouvir a resposta. Cinquenta anos haviam se passado desde o fim de nosso relacionamento, quase trinta desde a última vez que o vira, poucas horas desde a última vez que pensara nele.

Tentei soar o mais natural possível, como se fosse um amigo estimado, há tempos afastado da família e, de repente, ansioso por notícias. Não tinha como dizer que não estava entendendo direito o que me pedia, nem como perguntar se algo de mais sério acontecera, se ele estava bem. Em pouquíssimas palavras, procurei fazê-lo entender que me confundira com outra pessoa, pois eu não tinha enviado cartão algum, e logo passei às perguntas de praxe "Como vão todos?", "Teus filhos, teus netos...?" e assuntos como o frio do Sul, o tempo, os anos que passavam rápido demais, quase atropelando a todos pelo caminho. Falei de minhas filhas, de meus netos, perguntei pelo trabalho, pelas crônicas no jornal e, novamente por susto e praxe, anotei seu número. Desliguei o telefone quase errando o caminho de volta ao gancho. Meu marido, irritado, já havia recorrido à televisão de seu quarto, ao que agradeci. Eu estava gelada, trêmula, não haveria disfarce.

***

Minha neta tinha um mês; minha filha, trinta e cinco anos e vestígios de uma depressão pós-parto. Embora eu me preocupasse com ela, a vida estava mais rica agora, uma criança é sempre bem-vinda, pelo menos penso assim. Carolina também, mesmo que o cansaço, a desordem hormonal e a mudança brusca no ritmo de vida tenham-na deixado assustada.

De minha parte, dei toda a assistência possível, apoio psicológico, estímulos, conforto. Disfarcei minha preocupação, meus problemas de saúde, escondi meu cansaço e me permiti até mesmo rir de alguns desabafos fantasiosos seus sabendo que, no fundo, não tinham raiz e passariam com o tempo: "Pega para você que eu não quero mais!", "Cadê a minha vida?", "Ai, mãe, o que fui fazer?". *Isso passa, filha, essa fase passa. E o que permanece é muito bom.*

Praticamente me mudei para a casa de Carolina no primeiro mês após o nascimento de minha neta e vivi para aquelas duas mulheres tão importantes para mim.

Filhos e netos... Várias vezes me peguei pensando. Frutos diferentes, de árvores parentes, mas igualmente seus. Os primeiros talvez não nasçam do mais puro amor, embora se transformem no mais forte deles; os segundos, sim: filhos do filhos.

Todo aquele estresse inicial passaria, Carolina apenas não sabia ainda, os primeiros meses não são mesmo fáceis. Eu me lembrava do meu próprio nervosismo, da falta de habilidade no agir, da angústia em querer adivinhar o choro. Não há como se preparar para a maternidade, nada do que te falarão adiantará, só se aprende a ser mãe sendo.

E nos intervalos dos choros – ora de filha, ora de neta – e dos afazeres com a casa e com o bebê, o filme da minha vida continuava me vindo à cabeça. Seria tão bom poder falar sobre algumas questões que ressurgiam agora, fazer comparações. Mas eu não tinha amigas com quem pudesse conversar, e das poucas amizades que fizera ao longo dos anos, muitas já haviam falecido, mudado de cidade, ficado doentes ou simplesmente perdido contato comigo.

Meu casamento jamais fora satisfatório. Não havia muita harmonia entre mim e meu marido, ou sintonia nossa com outros casais. Com isso, praticamente não tínhamos companhia fora do âmbito familiar, amigos para jantar fora, vizinhos para jogar cartas ou passeios que não se limitassem a domingos na casa de meus sogros. Não havia cinema, nem qualquer outra diversão, éramos nós, nossas neuroses, nossas leituras díspares e a casa.

A casa em si era impecável, móveis e adornos no lugar, refeições à mesa da sala, descanso para talheres, guardanapos com argolas douradas. Cortinas do box esfregadas semanalmente, prataria com reflexos de céu e sol, toalhas de linho. *National Geographic* ao lado do sofá, cinzeiros de Murano na mesinha de centro, Olivetti no escritório, cavalete após o tanque, na porta à esquerda.

Engravidei logo que casei. Diferentemente de Carolina, não esperei o casamento se consolidar, ou, como ela diz, "não cumpri o contrato de experiência". Tampouco planejei ou evitei ter filhos. Simplesmente ignorei a possibilidade como se minha vida fosse um filme ao qual eu assistisse sem perceber que era a protagonista. Tudo simplesmente seguia seu curso, quando, após enjoos e tonturas, me senti a perfeita tola ao ouvir comentários de que em breve seria mãe. "Ainda não fez teste de gravidez?", "Está grávida, não vê?" Não, eu não via. Mas também não me arrependi. A maternidade ocupou e coloriu meus dias durante anos a fio. Fez com que eu tivesse pelo que viver e por quem lutar. E lutei, alimentei, costurei, eduquei, aconselhei. Cumpri meu papel de mãe e o de pai, por sua ausência presente. Quanto a isso, tenho a consciência tranquila.

Mas minhas filhas eram adultas agora, se ocupavam das próprias rotinas e, apesar da família que crescia, eu sentia o vazio dos que não tomam as rédeas da vida, deixando-se ser puxados por ela. Eu me sentia só, uma solidão a dois. E agora, além de tudo, Francisco telefonara.

Hesitei muito em falar do telefonema com Carolina. Não que duvidasse que ela entenderia, acharia intrigante, empolgante, ou, mais até, se lembraria dele. No fundo, eu achava até que ela ficaria feliz, pois sempre soube de sua existência e do nosso amor interrompido. Tinha uma cabeça boa a minha filha; via além da superfície, considerava a todos nós *apenas humanos*. O momento é que era inoportuno, ela andava mesmo cansada, e eu tinha medo de que não me ouvisse direito, não me desse atenção ou não valorizasse o ocorrido, o que seria muito frustrante para mim.

Uma tarde, porém, não me contive. Estávamos as duas sentadas no sofá em frente ao berço em que minha neta dormia e, com uma indiferença estudada, olhando para os desenhos coloridos do papel de parede, contei a ela sobre a ligação. Sua reação foi automática:

– Que bonito, mãe! E que estranho... Por que ele achou que foi você que escreveu o cartão?

– Não sei, minha filha. Não entendi muito bem e não pude perguntar com o seu pai ali do lado. Seria uma falta de respeito com ele – respondi, afundando a mão em uma almofada.

– Sim, eu sei. Fez bem em não perguntar. Mas... Que coisa boa ser amada assim, mãe. Saber que, tantos anos depois, alguém tão especial ainda pensa em você. E pressente que você também pensa nele. Bonito, mãe, você merece. Que bom. – O sorriso foi se esmaecendo e a ele se seguiu uma pausa. – E agora, o que vai fazer?

Mediante sua reação, respirei aliviada e senti que poderia contar todas as coisas que eu havia imaginado. Como uma adolescente empolgada, cheguei a abrir a boca para começar a falar, quando, olhando para o rosto liso e jovial de Carolina, me dei conta de quem eu realmente era, de minha situação e da idade que eu tinha.

– Sou uma senhora de setenta anos, minha filha. Casada há quatro décadas com o mesmo homem, mãe de duas mulheres feitas, avó de duas crianças. O que eu poderia fazer? – Doesse ou não, a verdade era essa: eu era uma pessoa para quem encontros amorosos realizáveis jamais poderiam sair do imaginário, a despeito do tempo que eu despendesse com lembranças de um homem e de um passado que havia deixado para trás.

– Não sei, o que deseja fazer? – ela devolveu a pergunta.

– Carolina...

"Cuidado com os seus desejos, eles podem se realizar", lembrei-me das palavras de um livro e me calei. Pensei em minha pouca saúde, nos analgésicos e nos antidepressivos tão presentes em minha vida, e senti vergonha do que acabara de contar. Que eu voltasse a mim e àquela espécie de transe que me fazia acordar no início de cada dia para desempenhar as funções com as quais já estava acostumada e deixasse de sonhar.

Carolina ficou aguardando minha resposta e quando viu que eu me perdia em pensamentos, insistiu:

– E então, mãe, o que gostaria de fazer?

– Nada – respondi com ar de obviedade. – O que

posso fazer? Além do mais, ele parecia alcoolizado. Deve ter mesmo me confundido com outra pessoa, ou talvez tenha sido tudo fantasia minha, coisas de quem tem um passado mal resolvido. -- Levantei do sofá com cuidado para não acordar minha neta e fui espiá-la no berço.

– Sei... – respondeu Carolina, com reticências maliciosas. – O cidadão se embriaga e liga para você por engano... Uma pessoa com quem namorou há cinquenta anos... Vai ver tinha seu telefone, até hoje, colado por acaso na porta da geladeira. Ou quis telefonar para alguma Maura e ligou por engano para uma Laura – Carolina fez pouco caso de minha resposta. – Pode até ter recebido o cartão de outra pessoa, mãe, e parece que recebeu mesmo, mas quando te telefonou, sabia para quem ligava. Deve ter pedido o seu número ao tio João – começou a divagar. – Eles não se conhecem? Aí bebeu para tomar coragem de ligar e ligou. Parece razoável, não parece? – Fiz que sim com a cabeça. – E você ainda me vem com essa história de "me confundiu com alguém"? Eu é que estou aqui toda deprimida; meus seios, patrimônio público; meu cérebro atrofiando, e você me vem com uma justificativa dessas? -- Acabou rindo da veemência da própria argumentação. – Aceite, Dona Laura, por mais encabulada que esteja, a senhora habita os sonhos de um homem há 50 anos e três mil quilômetros daqui.

Ele gosta de você

Capítulo 02

Minha mãe tinha dessas coisas. Sempre foi bonita, talentosa, uma artista plástica de primeira linha, mas com a autoestima no subsolo. Como as anoréxicas que se veem gordas no espelho, ela se via cheia de defeitos, incapaz de vender um quadro a não ser para alguma alma piedosa disposta a ajudá-la, sem direito a decisões por não contribuir no sustento da casa, e incapaz de povoar as fantasias de um homem, fosse como mulher amada, idealizada ou meramente consumível.

Tinha também uma postura muito crítica consigo mesma e uma imagem idealizada inalcançável: queria-se à prova das neuroses humanas. Passara boa parte da vida pensando naquele homem, rememorando momentos breves e espaçados, espremendo vida de fragmentos de memória e, sempre que possível, em busca de noticias dele. Era feliz? Dava-se bem com a mulher, com os filhos, com os netos? Agora, quando finalmente teria a chance de saber dele, mal se permitia o direito de vibrar com o inesperado, de sentir alegria. Preferia achar que tudo fora fruto de um engano, de um excesso, de um delírio.

Eu me lembrava muito bem de Francisco. Devia ter uns nove anos de idade quando o conheci. Nós morávamos em Luzeiros, cidade onde minha mãe nasceu e para onde nos mudamos temporariamente entre os meus cinco e doze anos.

Estávamos as duas indo ao supermercado numa manhã, caminhando pelas calçadas de concreto que davam o arremate entre as casas e os paralelepípedos, quando, de repente, um homem sorridente e grandalhão – todos são grandalhões quando se tem nove anos – parou para conversar. Falou carinhosamente com minha mãe e logo se virou para mim. Bonito e simpático, me abraçou, beijou, rodopiou. Amei-o de imediato.

Depois que foi embora me deixando afogueada com tantos rodopios, perguntei:

– Quem é, mãe?

– Um amigo da mocidade.

– Ele gosta de você – constatei o óbvio.

– Bobagem, minha filha.

– Gosta sim, eu vi o jeito como ele falou e olhou para você.

– Bobagem sim. Ele é casado, a mamãe também.

O assunto morreu ali para ser ressuscitado dentro do supermercado. Eu estava intrigada, minha curiosidade infantil não suportando não saber mais. Empurrando o carrinho entre paredes de prateleiras, voltei a perguntar:

– Onde vocês se conheceram?

Minha mãe não se surpreendeu com a retomada do assunto, devia estar pensando nele também.

– No cinema. Quando era mocinha. Foi namorado da mamãe na juventude – sussurrou a última frase como quem contasse um segredo.

– Ia a sua casa? – Para mim, só era namoro depois que um ia à casa do outro e sentava de mãos dadas no sofá.

– Ia. Foi. Algumas vezes.

– Por que vocês terminaram, mãe?

– Ah, minha filha, você não entenderia. Tínhamos muitos problemas, não deu certo. Depois comecei a namorar outro rapaz.

Não lembro, mas não devo ter entendido mesmo. Afinal, fora os vilões estereotipados das histórias infantis, o que seriam problemas para mim, uma menina de nove anos, de classe média brasileira, na década de 1970? Uma nota abaixo de cinquenta na escola? Piscina interditada no clube? Falta de picolé na padaria? Pai mandão e irmã brigona? Eu não fazia a menor ideia do que era repressão política, desconhecia crises econômicas e, sem grandes padrões de comparação, achava minha vida normal. Minhas reflexões, portanto, não devem ter sido muito profundas, pois não sei o que respondi nem o que pensei.

Após esse dia, no entanto, Francisco passou a fazer parte de meu imaginário. Passei um tempo fantasiando como teria sido se minha mãe tivesse casado com ele e como seria ter um pai assim: sorridente, falante, brincalhão. Colocava-o nessa posição e achava que os meus dias seriam mais divertidos e cheios com ele.

Um dia, perguntei à mamãe o que ele fazia.

– Tinha uma rede de oficinas de conserto de sapatos.

Isso foi o suficiente para eu me imaginar sua auxiliar, tesoura em punho, cadarços e tiras de couro pela mesa. Abraços e elogios intercalados com o trabalho, uma garotinha feliz e bem acompanhada por seu pai.

Fantasias como essa não eram novidade para mim. Embora julgasse minha vida normal e não convivesse com outras famílias de estrutura muito diferente, invejava meus primos cariocas que via uma vez a cada ano. O pai deles, irmão mais novo de mamãe, era minha imagem paterna idealizada: bonito, provedor, carinhoso, brincalhão. "Por que o papai não é o seu irmão e o tio Iago o meu pai?", várias vezes perguntei à mamãe.

Estela, minha irmã mais velha, apesar de também já ter ouvido falar em Francisco e nutrir uma curiosidade adolescente por ele, não gostava de tocar no assunto. Em conflito constante com todos da família, temia e evitava qualquer influência externa que pudesse colocar em risco a estrutura fragilizada que tínhamos em casa.

Quanto ao meu pai, jamais soube que Francisco existiu.

Não. Sim. Por que insistia?

Capítulo 03

Carolina tinha razão, refleti. E sua fala direta e bem-humorada várias vezes me fazia ver as contradições em que eu caía. Sim, eu sempre quis ter notícias de Francisco, saber de sua vida, de sua profissão. Se ainda exercia, se mantinha a oficina, como estaria física e emocionalmente. Fomos tão importantes na vida um do outro; por que mentir? Mas o que eu poderia fazer? Como eu, esposa, mãe, avó, mulher decente, de família, com sérios problemas de saúde, procuraria um homem que foi meu namorado, minha paixão na juventude, e depois teria coragem de encarar meu marido? E para quê?

Não, nunca, meu Deus. Não seria correto. Jurei fidelidade no altar até que a morte nos separasse e cumpria a minha parte. Tenho consciência de que a infidelidade se dá também nos pensamentos, nas intenções — embora a isso eu não conseguisse evitar — mas agir, não. Mulheres audaciosas e aventureiras sempre acabaram estigmatizadas, mal faladas, cultuadas apenas no cinema: Ava Gardner, Jeanne Moreau, Elizabeth Taylor, todas lindas e corajosas, na tela

Carolina tinha razão, refleti. E sua fala direta e bem humorada várias vezes me fazia ver as contradições em que eu caía. Sim, eu sempre quis ter notícias de Francisco, saber de sua vida, de sua profissão. Se ainda escrevia, se mantinha a oficina, como estaria física e emocionalmente. Fomos tão importantes na vida um do outro, por que mentir? Mas o que eu poderia fazer? Como eu, esposa, mãe, avó, mulher decente, de família, com sérios problemas de saúde, procuraria um homem que fora meu namorado, minha paixão na juventude, e depois teria coragem de encarar meu marido? E para quê?

Não, nunca, meu Deus. Não seria correto. Jurei fidelidade no altar até que a morte nos separasse e cumpriria a minha parte. Tenho consciência de que a infidelidade se dá também nos pensamentos, nas intenções – embora isso eu não conseguisse evitar – mas agir, não. Mulheres audaciosas e aventureiras sempre acabaram estigmatizadas, mal faladas, cultuadas apenas no cinema. Ava Gardner. Jeanne Moreau, Elizabeth Taylor, todas belas e corajosas na tela e infelizes e solitárias na vida real. Além do mais, eu não conseguiria conviver com essa culpa. Carolina tinha outra cabeça, era de outra geração e quanta diferença isso representava. Valorizava mais a verdade, questionava as aparências, que, de certa forma, era o que eu vivia. Tudo parecia mais simples para ela, menos pesado, errado ou pecaminoso. Mas o difícil, o mais complicado era ser eu.

Mais uns dias se passaram, estávamos as duas em meu atelier e, como eu nada falava, minha filha perguntou:

– E aí, mãe, Francisco telefonou de novo?

– Não, minha filha, claro que não. Deve ter mesmo me confundido com outra pessoa. Como te falei, ele parecia alcoolizado, não devia saber direito o que estava fazendo, nem com quem estava falando.

– Está bem – respondeu ela, com aparente resignação.

– Melhor assim. Deixemos as coisas como elas são e estão.

– É, pode ser, desde que você esteja confortável com sua decisão. – Tinha a expressão de quem buscava memórias antigas e, segundos depois, perguntou: – Mãe, lembra que, anos depois, vocês dois já casados e com filhos, você ficou sabendo por uma amiga, não me lembro quem, que ele guardava uma foto sua na gaveta da oficina?

– Sim, lembro – assumi, já imaginando onde ela queria chegar.

– Pois, independente do que você decidir e só para reforçar a tese de que não acredito no que você chama de confusão, engano, o que for, eu te pergunto: acha normal um homem casado guardar a foto de uma ex-namorada da juventude na gaveta da mesa de trabalho? Não acha que há alguma coisa mal resolvida aí, além de um mero engano?

Não. *Sim*. Claro que isso não era normal, mas por que insistia? Que menina! O que lhe passava pela cabeça? Não se casara na igreja, não fizera votos perante Deus, mas o que pensava da vida? Casamento era casamento. Coisa séria, irrevogável, a não ser em casos extremos: espancamento, alcoolismo... Minha filha às vezes me assustava.

– Carolina, não posso, minha filha. Se o seu pai desconfia de uma coisa dessas, nem sei o que seria capaz de fazer.

– Está bem, está bem. Não está mais aqui quem falou. O que vai pintar? – perguntou, mudando drasticamente de assunto.

– Não sei, tenho um esboço aqui – abri uma gaveta – uma composição surrealista. Gosta?

– Isso aqui são pedras ou cubos de gelo?

– Não sei, podem ser os dois. Farei parecer vidro.

– Uma mulher brotando de pedras de vidro... Bem apropriado para o momento, mamãe.

– Carolina. Não comece.

– Mãe. Olha bem o esboço que você me mostrou. O quadro que você vai começar.

Fui pega no maior dos meus atos falhos, pensei. A imagem era tão óbvia que não havia o que argumentar. Seria uma ofensa à sensibilidade de minha filha.

– Ah, meu Deus.... – desviei o olhar, mexi nos pinceis. – Não acha que seria leviano da minha parte, se eu telefonasse para ele?

– Mãe, falar com Francisco, saber como ele está, é apenas "falar com Francisco e saber como ele está". Mais nada além disso. O que pode ser muito bom, pois transformaria uma fantasia em algo mais real, menos idealizado. Não acha? Quanto ao papai, ele não é mais seu marido de fato, e há muito tempo. Nem o mesmo quarto vocês dividem mais. E ele não precisa saber, não deve saber. Isso é assunto seu. O papai não tem nada a ver com essa história.

– Como não, minha filha, se nós somos casados? – Meu Deus, será que eu estava tão equivocada assim na minha forma de pensar?

– Mãe, entenda o que estou querendo te dizer: sim, oficialmente, você é casada com o papai. Mas "oficialmente", porque, na prática, nós sabemos muito bem como as coisas são... Em relação a Francisco, a questão aqui é se dar o direito de saber como ele está, de conversar. De entender esse telefonema tão repentino e o que foi dito nele. Mais nada.

Eu limpava a paleta de madeira para colocar as cores novas e começar o quadro e acabei deixando tudo cair. Estava nervosa, as mãos trêmulas, fico assim quando não sei o que fazer. Carolina me ajudou a colocar as coisas no lugar.

– Corra com os lobos, mamãe. Você mesma me falou desse livro. Permita-se ceder a alguns instintos. Não estará errando, pecando, ou cometendo qualquer outro delito, mas se permitindo falar com quem sempre quis.

– Ah, minha filha. As coisas não são tão simples assim.

– Eu sei que não, mãe. – Carolina fez uma pausa, pensando no que mais teria a dizer. – Guardou o número que ele te deu?

– Guardei – respondi, um tanto constrangida e limpando os dedos no avental.

– Pois então pense, mãe. Tire as dúvidas que tem em relação a Francisco e ao seu passado, ao passado de vocês, e pare de ficar angustiada com o que aconteceu, pois eu sei que é assim que você está se sentindo.

Sim, era assim que eu estava me sentindo. E ela era minha filha, por isso sabia. Apesar dos pesares, a argumentação me soou sábia. Mas ousada. *Correr com os lobos*... Dar vez a instintos, justo eu, tão cheia de cautelas. Mas talvez ela tivesse razão, talvez fosse melhor mesmo eu esclarecer o ocorrido, ter as notícias que há anos sonhava, conversar, saber, falar, ouvir, para então dar um fim. No entanto, eu pensaria um pouco mais. No momento, o melhor a fazer era voltar às tintas para, quem sabe, minha mulher de vidro me mostrar um caminho.

***

A tarde caía, e o número estava ali, sobre o carrinho de chá, na agenda que olhava incessantemente para mim. Lembrava-me de que eu não descansaria enquanto não esclarecesse de vez aquela ligação. Francisco me deixara angustiada, telefonara ansioso, movido por um rompante de coragem. E aquela história de não esquecê-lo? Como assim, não esquecê-lo? Em primeiro lugar, de onde vinha tanta certeza de que eu ainda pensava nele? Céus, por que essa história viera à tona?

Apesar do espanto, me permiti sentir uma fagulha de ânimo. E até mesmo de vaidade. Que fosse um engano – quantas namoradas ele teria tido depois que rompemos? –, ainda assim, lembrou-se de mim. Fui importante então. Seria ainda? *Meu Deus, seria possível?* Talvez não fosse tão sério assim eu querer saber, talvez eu pudesse ouvi-lo mais uma vez. Uma última vez.

Fiquei revirando a agenda nas mãos. Fiz menção de pegar o telefone, mas era como se ele me repelisse. A angústia dominava a cena. Recostei-me na cadeira.

Imagens antigas me vieram à mente. Uma delas, de décadas atrás. Eu era criança ainda, pequena, bem pequena. Seis anos, talvez. Ganhara uma casa de bonecas, toda de madeira, com as paredes pintadas de cor-de-rosa. Casinha mobiliada e de dois andares. De tão encantada, eu não conseguia tocá-la, era como se pudesse maculá-la com minhas mãos. *Felicidade clandestina?* Olhava-a em êxtase, pensando em como deveria ser bom morar nela. Alisava-a e fazia planos de decoração. Na sala, colocaria plantas; do outro lado, uma cortina. Os paninhos de copa serviriam de colcha para as camas, os porta-copos de crochê seriam os tapetes. Fiquei dias sem tocá-la, como se num preparo para tanta felicidade. Até o dia em que a vi destruída pelos meus irmãos; segundo eles – na época tão pequenos quanto eu – incendiada pelo Zepelim. Felicidade adiada e não vivida.

Outra imagem me surgiu em meio a lembranças profundas. Um sonho. Estava de vestido vermelho com flores claras, caída dentro de uma cova, viva, mas estirada no chão, sem conseguir falar. As palavras se formavam em minha mente, mas minha garganta não se contraía o suficiente para expulsá-las. Meu marido, sem me ouvir, jogava terra sobre o meu corpo, julgava-me morta. E eu gritava num fio de voz que só eu ouvia: *Estou viva, estou viva, estou viva...*

Num ímpeto, me levantei.

Não poderia fazer a ligação dali de casa, lembrei-me, pois a conta telefônica vinha em nome de Alberto, e ele seria o primeiro a questionar o interurbano.

Ligaria da casa de Carolina. Pediria isso a ela.

***

Na manhã seguinte fui até lá. Quando cheguei, cumprimentei-a normalmente, fiquei um pouco com Manuela, que acabava de acordar, e depois chamei Carolina para tomarmos café juntas. Mostrei-lhe então a agenda dentro da bolsa. Ela assentiu com a cabeça, sorriu, mas mudou o discurso. Pediu desculpas por suas palavras no dia anterior, por ter, de certa forma, me pressionado, a história era minha e cabia a mim decidir o que fazer. Levantou-se pouco depois, disse que precisava começar a trabalhar em um novo projeto e que eu ficasse à vontade. Me deu um beijo no rosto, subiu com Manuela para o seu escritório e a colocou no carrinho.

Ainda me demorei um pouco na cozinha, lavei a louça do café, enxuguei a pia. Estava prestes a planejar arrumar o armário onde ficavam as louças, ou quem sabe esfregar o chão ou limpar os vidros das janelas, quando percebi que estava nervosa, procurando avidamente me ocupar com qualquer coisa que me fizesse adiar a ligação.

Subi ao escritório e me sentei no sofá perto de minha filha, pegando uma revista para ler. Minutos depois, fechei a revista dizendo que, embora eu não estivesse muito certa sobre o que iria dizer, achava que o melhor seria mesmo telefonar porque, no fundo, eu estava muito ansiosa.

– Tudo bem, mãe. No seu lugar eu também telefonaria, mas você é você – respondeu Carolina, agora com cautela nas palavras. Sua postura estava bem mais comedida do que no dia anterior.

Folheei então mais algumas páginas e fui para a sala, que a essa hora do dia estava vazia e pacata. Carolina ignorou meu movimento, foi como se eu não tivesse dito nada. Senti que aquele momento deveria ser só meu.

Liguei e desliguei inúmeras vezes. Ouvia os primeiros toques, me arrependia e me recostava pensativa no sofá. Depois de mais algumas tentativas, a ligação completou:

– Alô?

– Alô.

– Laura. – Ele reconheceu minha voz apenas pelo alô.

– Francisco, estou ligando porque...

– Laura... Eu sabia que eras tu. Que bom que ligaste. Peço desculpas pelo inconveniente, pela hora que telefonei naquela noite, foi uma infantilidade minha. Mas quando recebi teu cartão, quando senti o tom de decepção em tuas palavras...

Francisco ainda insistia na história daquele cartão, pelo visto não registrara nada do que eu falara.

– Francisco, é por isso que estou telefonando. Eu não mandei cartão algum. Não sei do que estás falando... Acho que, acho que me confundiste com outra pessoa.

Senti certa euforia do outro lado da linha.

– Então não foste tu? Não foste tu... Não é tua a letra? Então não vais me esquecer?

– Por favor, espere, não estou entendendo... Não, não fui eu. Não está assinado esse cartão?

– Não. Sem assinatura. Diz apenas: "Cansei de pensar em ti. Adeus."

– Francisco, eu não escrevi essas palavras – pausa, emocionei-me –, eu..., eu não as escreveria... Me confundiste com outra pessoa.

– Então não me esqueceste, Laura... Nem eu de ti. Cinquenta anos, e eu não me esqueço de ti um dia sequer. – Agora a emoção vinha do lado de lá também. – Não faço ideia de quem tenha escrito essa linha, de quem seja essa pessoa, alguma moça da juventude, com certeza, depois que nós..., que nós dois nos separamos. Mas seja quem for, agradeço por ter nos aproximado de novo.

– Como conseguiste meu telefone? – perguntei já imaginando a resposta.

– Fui à casa de teu irmão. Fiquei tão consternado, que fui atrás dele. Soube que ele anda mal de saúde e aproveitei a oportunidade para me aproximar e dar um jeito de pedir que me desse teu número.

– João está doente? Não estou sabendo, Lorena não me falou nada. O que ouviste?

– Só um comentário de amigos em comum, algumas infecções. Sistema imunológico fragilizado, certamente. Mas quando fui lá me tranquilizei, parecia bem.

– Bom teres falado, vou ligar para ele. E tua família? Vai bem? Teus filhos, tua esposa? Tenho uma foto de teus filhos ainda crianças, uma foto que me deste da última vez que nos vimos. – Me arrependi de ter dito que ainda mantinha as fotos. *Será que eu não poderia ter omitido essa parte?*

– Vamos todos bem. Meus dois filhos são advogados, minha filha, arquiteta, moram aqui. Ainda escrevo para o *Diário Popular*, sou cronista, como sabes. Quero te mandar minhas crônicas. Me dê teu endereço. E tuas filhas?

– As duas casadas. Estela, a mais velha, mora na Inglaterra. Tem um filho de quatro anos. Carolina, mora aqui, foi mãe agora. Uma menina de três meses, Manuela. É professora universitária, escreve também.

– Escreve? Crônicas?

– Artigos acadêmicos, projetos.

– Que bom, Laura. E tu, continuas a pintar? Tocar piano? Teus talentos são tantos!

– Sim, continuo pintando. Um pouco. Não, não toco mais piano. Não tenho mais piano em casa, há anos.

– Laura, não me diga uma coisa dessas. Escrevi uma crônica sobre uma mulher ao piano. Eras tu, eu pensava em ti. Quero que a leia.

Eu não gostava de falar sobre esse assunto. Abandonei a música logo depois que as meninas nasceram e não queria me desdobrar em lamurias ou explicações para Francisco.

– Francisco, não acho que eu deva receber correspondências tuas em minha casa. Acho que... – tentei explicar, mas ele me interrompeu.

– Para onde as mando então, Laura?

– Francisco, olha, acho melhor nós não continuarmos...

– Para onde as mando, Laura? Não me negue a possibilidade de ser lido por ti. De te dar um pouco de mim.

Fiquei sem resposta. Meu Deus, por que fui telefonar? Precisava agora chegar ao fim da conversa antes que ela enveredasse para outras searas que eu não gostaria de visitar.

– Está bem. Verei e nos falamos depois. Não posso demorar, porque estou telefonando da casa de minha filha e... – Ele não me deixou desligar, contou-me alguns detalhes sobre Luzeiros, atualizou-me quanto a algumas modernizações na arquitetura e me fez marcar uma hora em que pudesse telefonar para minha casa. Suscetível que eu era diante de insistências, acabei cedendo.

– Sexta-feira, após as 14h – respondi, um pouco relutante, sabendo que a essa hora eu estaria sozinha em casa. Uma revolução em minha vida estava apenas por começar.

Gerações

Capítulo 04

Fingi não dar muita bola para a agenda que mamãe trazia dentro da bolsa e logo que acabei o café, peguei Manuela no colo, arrumei-a no carrinho atrás de minha cadeira e fui trabalhar em um artigo.

Às vezes ocupo o lugar das pessoas, as retiro do centro de suas histórias e entro nele tentando achar soluções, tentando impor minha forma de pensar. É errado, eu sei, mas faço isso naturalmente, quase sem sentir. Mesmo assim, não importa, não é correto. Por isso, conhecendo meus rompantes autoritários, procurei não esboçar nenhuma reação marcante, quando percebi a intenção de mamãe em telefonar. A verdade é que eu achava que havia exagerado no dia anterior quando falamos sobre o assunto e eu insisti que ela falasse com Francisco. Depois me arrependi. Agora, preferia deixá-la decidir sozinha, fizesse o que fizesse a escolha e o momento seriam dela.

Pela forma como chegara minutos antes em minha casa, estava visivelmente hesitante, constrangida, à procura de algum assunto para conversar.

Qualquer coisa estava valendo: observações sobre o tempo, sobre a pintura da parede, sobre o derretimento das geleiras no Ártico e sua consequência global. Depois ficou dando atenção a Manuela, lavando a louça, abrindo e fechando os armários da cozinha, achei que passaria a mão no balde e esfregaria o chão. Estava com medo. Do presente, do futuro e acho que principalmente do passado, porque iria mexer nele.

Então subiu ao meu escritório, pegou qualquer coisa para ler e, após algumas respirações intensas, tocou no assunto, dando a entender que se sentia na obrigação de telefonar para Francisco por conta de preocupações, mas não sabia se seria apropriado. E as preocupações? Exageravam em dramaticidade: *e se ele estivesse à beira da morte e por isso tivesse resolvido ligar? Ou passando necessidades? Ou se tivesse se tornado alcoólatra, meu Deus!*

Suas mãos tremiam, e ela não me olhou nos olhos, quando girei meio circulo em minha cadeira para lhe dar atenção. Sabia que eu conseguiria lê-la com facilidade. Talvez quisesse me ouvir dizer para deixar de lado aquela história, pois não havia mais tempo. Em vez disso, eu disse que "Sim, tudo bem", que no seu lugar eu também telefonaria, mas que essa frase não passava de uma frase idiota, pois não era eu no lugar dela. Enfim, a decisão não poderia ser minha. Eu não me meteria mais.

Mamãe saiu insegura de meu escritório e foi

para a sala. Percebi que mexeu várias vezes no telefone. Encostei a porta, não queria ouvir o que falaria e nem senti o ímpeto de, depois, perguntar como fora. Em algum momento, se quisesse, ela contaria. Mas de uma coisa eu sabia e acharia engraçado: ela retomaria o sotaque gaúcho logo depois do primeiro alô. Isso sempre acontecia quando conversava com alguém do Sul.

Mesmo com esse meu jeito às vezes intransigente de achar que todos têm obrigação de encarar a vida com menos medo e mais objetividade, eu entendia também a enorme distância que me separava de minha mãe, o oceano que havia entre nossas gerações.

D. Laura fora educada para ser esposa, mãe, pianista, artista plástica. Tocava piano maravilhosamente bem, tinha as mãos largas, os dedos curtos, fortes. Apresentava-se nas inúmeras audições no Conservatório de Luzeiros, porém, jamais fora de lá, apesar de insistentes convites. Formou-se na Escola de Belas Artes, fora pupila do mestre italiano Aldo Locatelli, com quem tivera estreita relação acadêmica e de amizade.

Teve poucos namorados, muitos pretendentes. Noivou com um rapaz português de família rica e dona de confeitaria famosa. Dois anos de noivado e de paixão de mão única. O rapaz a sufocava: amava-a demais, controlava-a. Foi por meio de muito esforço e resistência a pressões, que conseguiu desmanchar o compromisso com o que se chamava, na época, de um excelente partido. *Homem igual a esse você não arruma nunca mais!*

Uma mudança súbita para o Rio de Janeiro por conta do rompimento do noivado acabou surgindo como alternativa perfeita para uma mudança drástica em sua vida. O rapaz, ainda consternado com o término, e ainda com esperança de reaver os planos de casamento, cortou os pulsos para contê-la. Mas mamãe conseguiu se manter firme.

Eu e minha irmã fomos educadas de forma um pouco diferente, porém confusa, pois a teoria não combinava com a prática. Mamãe dizia: "Estudem, trabalhem e sejam mulheres independentes", mas, no dia-a-dia, não tinha pulso para nos obrigar a ler nem estudar, respondia às nossas perguntas de forma retórica *Vocês ainda são muito novas para entender essas coisas* e várias, inúmeras vezes, quando verbalizávamos algum sonho para a vida adulta *Seremos médicas, psicólogas, veterinárias, astronautas...*, reagia com um sorriso tristonho, como se tudo aquilo não passasse de sonhos.

A teoria e a prática paterna, apesar de machistas, eram mais coerentes: *Tem de ir à escola – nada pior do que mulher burra –, depois namorar, noivar, casar, ter filhos e reunir a família para almoçar aos domingos*. Quanto aos sonhos profissionais, não havia conversa: *Vocês não têm força de vontade para isso*.

Fala-se exaustivamente da revolução sexual dos anos de 1960, da liberdade que o anticoncepcional concedeu à mulher, da queima dos sutiãs na Universidade de Berkeley. Estudando lá, anos mais tarde, com meu sutiã rendado, eu já sabia na época, três décadas depois, que poderia ser livre, independente e, ainda assim, feminina. No entanto, para a maioria das senhoras casadas, mães de família, na faixa dos trinta aos cinquenta anos, naquele período de dourada repressão, tudo aquilo, ao que parecia, era ainda utopia. Seus anseios: um aparelho de televisão potente para assistir às novelas da TV Tupi, uma enceradeira Arno Super (raspa, encera, dá brilho), ver os filhos formados e as filhas bem casadas.

À primeira vista

Capítulo 05

Sempre fiz o possível para incentivar minhas filhas a estudarem, trabalharem, tornarem-se mulheres independentes.

Não queria para elas a vida que tive para mim. Sempre lhes dizia: "Tenham o dinheiro de vocês, não dependam de marido."

Na minha juventude, nos anos de 1940 e 1950, era diferente. As moças eram educadas para casar, casar *bem*, com um homem de posses e de boa posição social. Quanto ao estudo, o necessário para serem moças interessantes e casadoiras ou, no caso desesperador da solteirice, para terem um ganha-pão descente para a vida.

Essa visão estava a tal ponto arraigada no modo de pensar da sociedade da época que, se conseguíssemos casar antes de completar algum curso profissionalizante, bastava interrompê-lo e isso não se constituiria em problema algum. O futuro estaria assegurado.

Nunca me achei muito bonita, mas, de certo, graciosa. Tinha cabelos compridos, escuros e encaracolados. Seios fartos, quadris largos. Vestia-me com simplicidade, mas elegância. Roupas da época: vestidos acinturados, sapatos de salto alto em harmonia com a bolsa.

Tocava piano. Fiz o curso completo. Passava horas seguindo as partituras de Chopin, Bach, tocando as sonatas de Beethoven. Tinha também um talento inato para pintura. Cursei a Escola de Belas Artes, onde já se trabalhava com modelos vivos, algo audacioso para a época, que dirá no Rio Grande do Sul. E tinha muito carinho e admiração por meu professor, chamava-me de "minha pupila" e me estimava muito. Achava-me prodigiosa. Certa vez, começou um quadro e me pediu que o concluísse. Assinaríamos juntos. Senti-me honrada com sua generosidade, embora não merecedora dela.

Também bordava e costurava. Muitas roupas e consertos fiz para mim. Era o que se chamava de mulher prendada e, portanto, bem colocada na lista de candidatas ao casamento. Exceto pelos livros que eu lia: romances estrangeiros de autores com condutas duvidosas e textos filosóficos – quase enlouqueci lendo Nietzsche e me sentindo cúmplice do assassinato de Deus pai Todo Poderoso, embora entendesse o que ele dizia, a liberdade de questionamento requer maturidade. Acompanhava as produções de Ingmar Bergman, Truffaut, Fellini e Godard, enquanto a maioria das moças suspirava pelo mais romântico dos dramas shakespearianos sem se ater às críticas embutidas neles. Trocava qualquer programa superficial por conversas densas e possibilidades de questionamentos profundos.

Meu pai era gerente do Banco da Província e, assim como eu, introspectivo e denso. Preocupado e carinhoso, e já se sabendo doente, temia por meu futuro, pedindo que eu me interessasse por leituras mais leves, uma vez que em breve não estaria mais ao meu lado para dividir as angústias humanas.

Minha mãe era dona de casa. Minha tia e minha avó moravam conosco, meu irmão mais velho, João, já havia saído de casa e lago, meu irmão mais novo, planejava prestar concurso para o Banco do Brasil.

Minha mãe, Olívia, sofria de séria deficiência visual, o que compensava no dia-a-dia com uma postura autoritária, dizendo enxergar melhor do que todos o que era mais conveniente para a família. Minha tia e minha avó lhe faziam eco, e eu, nem sempre disposta a levantar armas, às vezes me deixava levar.

Aos dezessete anos conheci Francisco. Ia ao cinema com uma amiga assistir à *Juventude* no Cine Capitólio quando percebi sua presença. Ao me virar para onde estava, retribui o olhar. Ele estava em pé, encostado em uma coluna marmorizada, vestia um terno cinza.

Surpreso e encabulado quando também se percebeu observado, ele não sustentou o flerte. Era bonito, alto, rosto de homem bom. Uma ligação forte entre nós, da qual desconhecíamos as dimensões, tinha início naquele dia.

As portas da sala de exibição se abriram e cada um tomou seu lugar, fiquei imaginando onde ele estaria na plateia, mas logo me deixei levar pelo filme. Vi-o de relance depois, ao final da sessão, quando passava pela portinhola de madeira rumo à calçada.

A partir desse dia, passei a vê-lo com mais frequência pela cidade. Tomava café em uma leiteria que ficava a caminho do estúdio onde eu pintava. Depois, aos domingos, via-o me acompanhar com os olhos pela calçada oposta, sempre na saída do cinema, o olhar sempre baixo quando eu retribuía a atenção. Esse comportamento se estendeu por alguns meses.

Minha amiga, com quem eu costumava sair, logo reparou:

– Aquele rapaz está flertando contigo, Laura. Bonito... – cutucou-me.

– Quem? – Fiz-me de desentendida.

– Ali, do outro lado. Ora, não vês que vive nos seguindo pela calçada? Estás cega?

– Não, não reparei – menti. – Pode ser contigo e não comigo.

– Pois sim... Ele te devora com os olhos no saguão do Capitólio. No domingo passado então, quase se aproximou. Mas faz o tipo tímido. Ah, homens tímidos!

– Que é isso, Maria do Carmo? – Pausa. Estaria ela interessada? – Sabes quem é? – acabei perguntando.

– Filho do Sr. Aguiar, que mora ali na rua Floriano Peixoto. Boa família. Gente simples, mas decente. Trabalhadora. E olha só os ombros dele... – Outra cutucada.

– Não tens jeito mesmo... – respondi, com uma pontada de ciúmes. Reparei em seus ombros. Willian Holden: um homem, dez destinos.

O Namoro

Capítulo 06

Não sei se posso chamar o que tive com Francisco de namoro, embora isso não diminua em nada a intensidade de nossos sentimentos, independente do nome que se dê. O desejo de nos vermos e o pensamento que nos alimentava nos uniram antes mesmo que qualquer palavra tivesse sido trocada.

Até nos falarmos, foram meses de platonismo, o que, ao mesmo tempo em que me envaidecia, confesso que muitas vezes me desanimava. Eu não entendia a razão de um homem tão bem apessoado e trabalhador, e ainda por cima interessado em mim, não ter coragem de se aproximar e me abordar munido do respeito e das boas intenções que eu sabia que ele tinha.

Imagino às vezes, e de forma divertida, como seria hoje ter um homem me seguindo meses a fio pelas calçadas, me encarando em saguões de cinema e marcando o horário em que eu passava por este ou aquele ponto na cidade, para me acompanhar num diálogo silencioso e distante. Um caso de psiquiatria ou de polícia, diria minha filha, dependendo do desenvolvimento da postura. Mas os tempos eram outros e, com certeza, a objetividade de hoje seria a vulgaridade de ontem e o fim de qualquer possibilidade de romance.

Soube depois, do próprio Francisco, que era a timidez e a insegurança que não o deixavam se aproximar. Em sua fantasia – me confidenciou certa vez – eu era uma mulher especial, quase inatingível, merecedora de um homem infinitamente melhor do que ele.

Foi no clube de um hotel, num baile oferecido na data do aniversário da cidade, que eu e Francisco nos tocamos pela primeira vez. Ele me tirou para dançar após grande conflito interno, e eu aceitei de bom grado. As palavras trocadas no início foram cerimoniosas e protocolares, eu diria até cautelosas, ficando como única expressão verdadeira dos nossos sentimentos o suor de nossas mãos e o acelerado de nossos corações.

Falamos de nós e do que fazíamos, embora já soubéssemos bastante um do outro por informações de terceiros. Falamos da cidade, da música que tocava. Dançamos melodias seguidas sem nos darmos conta de que elas trocavam. Ficamos juntos até o final do baile, quando então nos separamos, e eu voltei para casa com minhas amigas. Tínhamos, agora, o número de telefone de um e outro e um pouco mais de proximidade.

Desnecessário dizer que a partir desse dia nossa fantasia cresceu a limites inimagináveis, havia agora dados concretos para servirem como suporte: o toque da mão dele na minha cintura, o abraço, o rosto no rosto, o perfume cítrico da loção pós-barba. Havia também a expectativa de sorrisos e cumprimentos, de filmes juntos, de temas que dessem partida para conversas maiores e de conversas maiores que dessem chance a algo mais.

Apenas nada disso aconteceu com a frequência ou com a grandeza imaginada. Foi como se Francisco tivesse achado mais seguro permanecer se alimentando de sonhos e possibilidades do que correr o risco de viver alguma coisa real que pudesse não dar certo.

A postura tímida e distante mudou um pouco, é verdade, ocasionalmente íamos juntos ao cinema e depois conversávamos à porta de minha casa. Apresentei-me algumas vezes no conservatório de música, participei de algumas exposições coletivas de pintura e fui assistida e aplaudida por ele. Recebi presentes: discos, livros, flores. Nossa sintonia era imensa, eu tinha certeza de seus sentimentos por mim, mas nosso relacionamento pouco ia além disso, não se firmava. Nosso compromisso um com o outro era levado com seriedade, mas não se oficializava. Era sério, porém tácito.

Poucas vezes nos beijamos e só dávamos as mãos dentro do cinema, quando as luzes se apagavam. Nosso último beijo foi em minha casa, quando meu pai estava muito doente, e ele foi nos visitar. Mas eu precisava de mais, queria suporte, queria um homem forte ao meu lado que me ajudasse a superar a perda que estava por vir.

Ao todo foram cinco anos assim. Cinco anos de expectativa sem nada se concretizar. Jamais deixei de pensar em Francisco, mas deixei de esperá-lo. Foi minha a iniciativa de ceder à possibilidade de conhecer outros homens e, quando finalmente comecei a namorar outro rapaz, soube, dias depois, de uma grande bebedeira que acabou resultando em uma visita médica ao lar da família Aguiar.

Mudança

Capítulo 07

Meus avós formavam um casal apaixonado, dizia mamãe, daqueles que chegavam a constranger os filhos com suas demonstrações públicas de amor. Andavam de mãos dadas e alisavam o rosto um do outro na frente de quem quer que fosse. Isso lhe causava uma vergonha imensa.

Dos cinco filhos que tiveram, apenas três sobreviveram: mamãe, Iago, João. Duas irmãs gêmeas morreram ainda na infância: Adélia, ainda bebê, vítima de uma infecção generalizada de causa desconhecida; Regina, aos nove anos, de leucemia.

Havia uma história um tanto sobrenatural em torno da personalidade e da breve vida de minha tia Regina. Tida por minha avó como uma inteligência fora do comum, unha e carne com minha mãe, e dona de uma postura nada infantil, dizia em tom profético e desde pequena, que dos nove anos não passaria.

Com isso, uma idolatria se formou em torno de sua imagem desde então, ficando suspensas todas as festas em família. Ou seja, nada mais se comemorava, nem mesmo o Natal, numa casa grande com seu imenso jardim repleto de parreiras, de questionamentos sem resposta e de fantasias infantis.

Sem dúvida esse não era um hábito isolado do clã a que pertencia minha mãe, mas o costume das famílias sulistas naqueles anos de 1940: um luto *ad infinitum* materializado por mãozinhas de ferro com um paninho roxo, que eram afixadas do lado de fora das casas, atestando que dali partira alguém. Trinta anos mais tarde, em meados da década de 1970, eu olhava com curiosidade e crítica estilística para essas mãozinhas fúnebres em algumas casas do bairro onde eu morava.

Para minha mãe, a impressão que internalizou desse luto quase eterno foi a de pouco valor atribuído aos filhos sobreviventes, fazendo com que ela adquirisse para si, desde bem pequena, uma culpa que não tinha: deveria ter sido ela a morrer no lugar da irmã. Mesmo com esse acontecimento, porém, e ao contrário do que se poderia esperar, meus avós mantiveram a convivência apaixonada até o final.

Anos depois, quando meu avô faleceu, e apesar de sua partida já ser esperada e anunciada, foi como se minha mãe tivesse perdido novamente um grande aliado, a pessoa que mais a compreendia. Totalmente desestruturada, morando então com três mulheres idosas (a mãe, a avó e a tia) e com um romance que não atava nem desatava com Francisco, ela começou a flertar com outro rapaz cuja personalidade incisiva a fez ceder prematuramente a um noivado enfadonho.

Ao passo que seu pai, se pudesse aconselhá-la, diria "não faça isso com sua vida ou com a do rapaz", a casa respirou aliviada com seu compromisso. Finalmente Laura fazia planos de se casar! E mamãe teria mesmo se casado, não fosse a forma como o noivo a sufocava de atenção, controle e doces portugueses. "Não consegui aguentar", disse-me uma vez, lembrando-se dessa época e incapaz de conter aquela careta de repugnância de quem come doces exagerados em açúcar.

Ensaiou um discurso de rompimento durante dias, me contou, esperou o aniversário do noivo passar e deu fim ao relacionamento. Não se arrependeu. Da avó, já senil, ouviu um lamento resignado: *Agora que os meninos seguiram suas vidas e seu pai se foi, parece que nunca mais teremos um homem nesta casa.*

Mas acontece que o verdadeiro homem da casa usava saias e não se deixou abater. Autoritária e de gênio forte; culta, politizada e bem-humorada, minha avó Olivia deu a volta por cima e assumiu oficialmente o comando da família. Assustava-se com o temperamento da filha e com sua resistência em dar um rumo à vida. Em quatro anos ela entraria na casa dos trinta e... *Nada*. Precisaria agir.

Os filhos homens, já com a vida encaminhada, seriam sua investida. João seguia carreira na construção civil. Iago, então aprovado no concurso do Banco do Brasil, cursava paralelamente faculdade de medicina no Rio de Janeiro. Eles, sem dúvida, poderiam ajudá-la a encontrar uma saída.

E a saída veio antes do que elas poderiam imaginar, na forma de mudança de cidade. Com a avó recém-falecida, a tia só, a mãe viúva e a irmã solteira, Iago as chamou para morar no Rio. Gostava da ideia de tê-las por perto. Eram sua família, afinal de contas.

Mamãe acabou ficando realmente feliz com a ideia da mudança. No sudeste moderno e ensolarado, em plena Copacabana, com mais descontração e ausência de dias frios e ventosos, a vida tomaria novo rumo. A cidade fervilhava, dizia-lhes Iago, as oportunidades eram inúmeras. Fábricas, escritórios, consultórios esbanjavam vagas e não faltariam oportunidades para ela. Uma vida sombria seria deixada para trás, ou pelo menos boa parte dela.

Mudaram-se em poucos meses. Alugaram um apartamento no décimo andar de um prédio na já movimentada Av. Nossa Senhora de Copacabana e a vida seguiu mais leve.

A correspondência
Capítulo 08

Não é que tudo partira mesmo de um engano? Bem, não exatamente. O cartão que Francisco recebera não era de minha mãe, mas o medo de perdê-la para sempre era genuíno. Caminhos curiosos o do destino. "A vida é a arte do encontro", dizia o poetinha. Estava certo.

Dentro de poucos dias, começaram a chegar correspondências do Sul em minha casa. Envelopes pardos e fartos. Chegavam em meu nome, mas eu não os abria, apenas os apalpava imaginando o quanto de história haveria em cada um deles. Tive de contar ao meu marido o que estava acontecendo. Sua primeira reação foi de susto. *Sua mãe?!*, depois, solidariedade. Então veio a dúvida se estaríamos agindo corretamente ao nos metermos. Não foram necessários muitos argumentos para que ficasse ao meu lado. Sempre foi meu amigo.

Além do mais, meus pais, apesar de ainda viverem juntos, haviam adotado o esquema de separação de corpos desde minha adolescência. Vinte anos haviam se passado nesse arranjo, o suficiente para que tanto o conceito de infidelidade quanto o de retidão estivessem sob suspeita.

Quando o primeiro envelope chegou, eu telefonei:

– Mãe, correspondência para você.

Ela, sempre comedida, respondeu:

– Ah, sim, minha filha... Guarde com você e me entregue na próxima vez que nos virmos.

Devia estar morrendo de curiosidade, mas não deixava transparecer.

– Um envelope grande e cheio... – completei, com malícia filial, ainda na esperança de vê-la verbalizar a ansiedade. Não vi.

Aliás, algo que só fui perceber depois de muito tempo. Mamãe, aparentemente tranquila, controlada, serena, de voz baixa e doce, era uma pilha por dentro. Inquieta, nervosa, sem saber o que fazer de si. Raríssimas vezes a vi se exaltar mas, nas poucas vezes em que isso acontecia, eu vibrava como se uma nova mulher nascesse na minha frente.

Sempre trabalhou em casa, sozinha, fosse cuidando das filhas, dos afazeres domésticos ou pintando. Quase não tinha amigos, vez por outra se metia em algum curso de autoajuda, *Silva Mind Control* e afins, ou fazia parte de grupos de discussão que comentavam a abordagem de fenômenos paranormais sob a ótica do Padre Quevedo.

Meu pai, ao longo dos anos, montou um diagnóstico psicológico dela e o repetia incessantemente:

Sua mãe tem uma imagem idealizada de si. Almeja ser sempre sensata, coerente, inabalável, alcançar a perfeição... Não consegue, é claro, ninguém consegue, aí se frustra, se decepciona, fica cheia de tiques nervosos e deprimida.

Isso era verdade, eu precisava admitir. Quando via alguém irritado, mamãe logo vinha com panos quentes e conselhos mornos. Dizia que de nada adiantava se exaltar, que não era bem assim, pobre coitado do outro que tinha problemas sérios em casa, que fora escorraçado pelo pai, negligenciado pela mãe... Era como se não lhe ocorresse que todas as emoções nos foram dadas para serem sentidas. Que elas tinham hora e vez e, o mais importante, que elas passavam.

Minha querida Laura

Capítulo 09

Minha filha telefonou dizendo que havia chegado um envelope. Senti uma fisgada no estômago, uma pontada de culpa por envolvê-la naquela história, mas uma vontade imensa de tê-lo nas mãos. "Um envelope grande e cheio", disse Carolina. O que será que Francisco me mandava? Após a conversa por telefone na casa de minha filha, nos falamos mais duas vezes em minha própria casa. Foi ele quem ligou, eu não podia telefonar e receber o registro de um interurbano em minha conta, tampouco abusar da boa vontade de minha filha e de meu genro.

Carolina acabou levando o envelope à minha casa. Eu o peguei, agradeci, e como não podia abri-lo no momento em que me entregou, corri ao quarto para escondê-lo debaixo do colchão. Que situação, meu Deus! Apesar de há décadas meu marido e eu não dividirmos a mesma cama, ele às vezes entrava no meu quarto para abrir ou fechar as janelas. Achei melhor escondê-lo por precaução. Eu jamais poderia arriscar ser pega nessa aventura que vivia e que era tão e unicamente minha.

Alberto e eu não nos separamos definitivamente por causa das meninas, ficaríamos numa situação econômica muito difícil também. Eu não trabalhava fora, não tinha como me sustentar, e, quando recebia algum dinheiro, gostava de gastar com minhas filhas, dar a elas roupas bonitas, oferecer-lhes algum lanche mais gostoso fora de casa. Para Alberto, essa situação não parecia incomodar, era como se estivesse bom do jeito que estava. Para ele, havia ali uma família, uma estrutura montada e apresentável. Fomos levando. Se me arrependo, nem sei, mas não havia outra forma.

Carolina não demorou comigo, tinha compromissos. Sempre os tinha, inúmeros. Não parava. Achei que a maternidade a faria reduzir o ritmo. Enganei-me, parece que a acelerou ainda mais. Às vezes eu me preocupava com ela, dizia-lhe para fazer menos coisas, desacelerar, descansar um pouco, deitar-se depois do almoço. "Gosto assim", respondia, achando graça.

Tão logo me vi sozinha, resgatei e abri o envelope: uma carta de três páginas, recortes de jornal, um livro de poesias, uma foto e um CD.

"Minha querida Laura:

Mais uma vez venho expressar a alegria que sinto em voltar a me relacionar contigo. Como foram duros os anos que ficamos longe um do outro. Meu Deus, longe até quando estávamos tão perto! Laura, mais uma vez te peço desculpas pela confusão com relação ao tempo, mas só depois de falar contigo é que tive noção dos anos que permaneceste aqui, após teu retorno do Rio, já casada e com tuas filhas. Mesma situação em que eu me encontrava. Não me recordo de saber que estavas morando em Luzeiros, até o dia em que te dei carona em meu carro, dia em que quase fiquei sem palavras, em que me imaginei te levando dali para conversar comigo, olhos nos olhos, lábios nos lábios talvez. Tudo em nome de um amor que eu trazia no peito, sempre negado e represado.

Parecia mentira que estavas ali, ao meu lado, que eu beijava teu rosto e tocava tua mão, mulher que veio ao mundo só para se desencontrar de mim. Que destino o nosso, Laura! Não que não tenhamos construído nossas vidas separadamente, pois o fizemos: adquirimos bens materiais, amigos estimados, filhos maravilhosos. Mas quão mais teríamos feito e vivido se tivéssemos ficado juntos como marido e mulher. E por que não ficamos, meu amor?

Várias vezes questionei-me quanto a isso em minha análise. Meu analista, em resposta, dizia-me que só fazemos aquilo que temos estrutura para fazer e perguntava-me o que me impedia de ir ao teu encontro agora. Por que não te procurava e tentava acabar de vez com essa angústia, fosse para o sim ou para o não. Não seríamos os primeiros nem os últimos numa situação assim, dizia-me ele. Mas resisti, pois te conhecia, sabia da tua integridade. Não, minto, na verdade, resisti porque não tive coragem... Como me arrependo, meu amor, como me arrependo..."

Eu me lembrava perfeitamente daquele dia em que ele me abordou na rua, eu já estava há quatro anos em Luzeiros, tendo vindo do Rio com a família. Fiquei constrangida, sem saber como agir. Era casada, ele também. Não me parecia correto aceitar sua carona. Mas, por outro lado, por que não? Era um amigo de juventude, afinal de contas, e, olhando pelo lado prático, me pouparia uma boa caminhada.

Entrei no carro e percebi o peso de seu olhar, o nervosismo de seus gestos, a velocidade de sua voz. Beijou-me afetuosamente no rosto, segurou-me as mãos.

De fato, ele não sabia que eu havia voltado. Falou-me da família, tinha três filhos pequenos; contou-me sobre os negócios, era dono de uma rede de oficinas de conserto de calçados. Aparentemente, vivia bem. Perguntou por minha mãe, minha tia, irmãos, filhas. E continuava bonito, porte aristocrático, de homem bem-sucedido.

Eu lhe contei sobre mim em linhas gerais. Tinha tão pouco a dizer, que devo ter concluído minha saga em poucos minutos. Mas ele queria saber mais, perguntava sobre meus quadros, se trabalhava como pintora, se ainda tocava piano. Fiquei constrangida, nada disso fora levado adiante. Tudo ficara em suspenso naquela época. Eu era esposa e mãe.

Chegamos ao local de destino, à escola onde eu iria buscar as meninas. Senti que Francisco tentava prolongar o momento, tinha mais a dizer. Comecei a ficar nervosa e, sem saber como agir, despedi-me apressadamente, ofereci-lhe um sorriso e desci do carro.

Pela janela, ele pediu o número do meu telefone. Não dei. Disse que não tinha, ele não acreditou.

Não acreditou, mas como bem dissera na carta, sabia de minha integridade e não insistiu.

Lembrei-me também que, na semana seguinte, apareceu novamente de carro, na mesma hora, no mesmo trajeto. Voltou a me oferecer carona, mas não aceitei. Talvez estivesse testando minha integridade.

Iria
Capítulo 10

[illegible]

Embora eu não quisesse perguntar o que havia dentro do envelope, o silêncio de mamãe em relação àquele seu conteúdo gordo estava me deixando curiosa. Francisco mencionara que escrevera textos pensando nela. Teria enviado? Que imagem teria guardado dela? Senti vontade de saber. Apesar do respeito por aquela história somente dela, achei que teria o direito de perguntar, afinal, eu tivera algum envolvimento pessoal até ali.

– Mãe, não comentou nada sobre a carta de Francisco. Está tudo bem?

– Sim, querida, está tudo bem. Ele me mandou vários recortes de jornal, um livro, um CD, uma foto... – respondeu com uma leveza repentina – e uma carta muito emocionada. Gostaria de ver?

– Quer me mostrar? – perguntei. Claro que queria, ela estava em minha casa, o envelope dentro da bolsa. Por que outro motivo o teria levado?

Mamãe tirou-a do envelope e me entregou. Li e senti que ergui as sobrancelhas. Aparentei ler como mulher, mas tive reação de filha. De sua parte, mamãe me analisava e esperava ansiosamente que eu comentasse minhas impressões. Sem saber o que responder, falei que era uma carta bonita, porém lamentosa. Em alguns trechos, muito literária também, mas esse deveria ser o jeito dele de escrever.

Tinha três páginas e abordava assuntos variados, todos voltados a lembranças deles. Em alguns momentos, arrependimento e culpa; em outros, justificativas de senso comum que buscavam amenizar escolhas: filhos maravilhosos, amigos estimados, vidas construídas. Discos, músicas, lugares, um erotismo presente. Crônicas, lembranças e mais lembranças. Choros e risos. Esperança agora.

Por tudo o que estava escrito, percebi também que outras conversas haviam se seguido por telefone entre os dois, pois ele comentava acontecimentos recentes: dizia que a ajudaria a se projetar como artista plástica no Rio Grande do Sul, pedia desculpas por confundir algumas datas e também corrigia o dia de seu aniversário – pelo que parecia, mamãe lhe dissera que há cinquenta anos pensava e rezava por ele todos os dias 14 de julho, quando na verdade, ele nascera no dia 15 –, fazia louvores à música que ela, ao longo dos anos, elegera como música deles, Adágio de Albinone, e retribuía um koan que ela lhe recitara com outro de sua escolha: "O luar entranha-se nas profundezas do lago sem deixar marcas na água."

Entre as coisas que não verbalizei sobre a carta, estava minha reação inesperada. Não a reação que mostrei, pois essa se manteve coerente o tempo todo, mas minha reação interna, aquela que nem sempre é bonita ou benevolente.

A verdade é que, após lê-la, me vi claramente em dois terrenos bem estanques: aquele da racionalidade, em que eu era uma mulher madura, do século XXI, capaz de se bancar sozinha e experimentando a maternidade em sua plenitude – inclua-se aí o sagrado e o profano de ser mãe –, conversando em pé de igualdade com outra mulher também madura e livre. E o terreno da emotividade, mais lodoso, em que eu era a tal mulher do século XXI, com todos os direitos adquiridos, mas que conversava com alguém que, antes de ser mulher, era a *minha* mãe.

Portanto, ouvir o que acontecia enquanto história contada por ela fora fácil, emocionante, edificante até. Ter aquela história concretizada em mãos, com um interlocutor real, disposto a tê-la também em plenitude – leia-se: com a beleza do amor e o desejo do sexo – foi diferente. Minha mãe, que me criara e acalentara, não deveria estar vivendo aquilo. Seria mesmo aceitável ela ter anseios e pendências que não fossem os meus?

– E você, mãe? O que achou? Era o que esperava? – perguntei, me recriminando por meus pensamentos estreitos e forçando naturalidade e igualdade.

– Sim, minha filha... Era o que eu esperava. E você tinha razão, eu queria mesmo ter noticias dele, saber o que a vida lhe reservara.– Mamãe sorria sem perceber. – E agora, depois dessa carta, me sinto recompensada. E menos solitária também.

– É, mãe. Parece que essa vontade de ter notícias não era só sua. Você pensava nele aqui, e ele em você, lá.

– Sim, Carolina, a despeito dos anos... Ah, Meu Deus! – mamãe exclamou e se demorou processando pensamentos e sentimentos.

Ai, meu Deus, pensei eu. A essência daquela carta, sem dúvida, estava no grande amor adormecido que despertava com força a quilômetros dali, assim como na mulher romântica que desabrochava à minha frente. Nas entrelinhas de Francisco, percebi também que minha mãe havia revelado seu amor por ele e, ao que parecia, o fizera com muita intensidade. No final da carta, ele ainda escreveu:

Sim, 'Te ayudaré a venir se vienes y a no venir se no vienes'. Assim posso resumir o amor compreensão, o amor aceitação, o amor desprendimento, o amor verdadeiro. Como disseste, sim, é assim que nos amamos.

***

Semanas e semanas foram passando, envelopes e mais envelopes chegando e eu me acostumando àquela nova situação e relação.

Mamãe, que há quase quinze anos avançava num processo emocional depressivo por conta de contraturas e dores faciais atípicas agravadas por uma operação mal sucedida para retirada de micro cálculos da parótida – dores mais tarde diagnosticadas como nevralgia do trigêmeo, disfunção de ATM, disfunção têmporo-mandibular, uma ou outra síndrome inusitada ou até mesmo um possível encosto – de repente, começou a melhorar, as dores a diminuir, a contratura a ceder.

Andava mais leve, sorridente, mais arrumada. Ia com frequência e por conta própria à minha casa, me ajudava a cuidar de Manuela e brincava com ela com descontração. *Bendito Francisco e o que vinha fazendo com ela*.

Um dia, em meio a outros tantos tão felizes, ela me telefonou de sua casa, e eu atendi o seu alô preocupado. O que teria acontecido? Então começou a falar e trouxe uma notícia inesperada: meu tio João, que morava no Sul e estava doente, fora diagnosticado com Síndrome de Imunodeficiência Adquirida, SIDA.

Mamãe me deu a notícia em voz baixa – claramente não queria que meu pai ouvisse –, e senti em sua voz uma desolação que me remeteu aos tempos bíblicos, às vítimas de hanseníase, marginalizadas e isoladas para não serem vistas e nem tocadas pela sociedade. Estava chocada não só com a certeza da morte eminente, como com o estigma da própria doença: denúncia, exposição, intimidade.

Nem sei dizer se fiquei surpresa, acho que naqueles dias, poucas coisas me surpreendiam, mas me senti muito triste. Apesar de Tio João ter sido aparentemente um homem frio e distante, fora marcante em minha vida. Nunca o imaginei um homem aventureiro, embora machista, mas isso de nada importava agora. Talvez devesse ao menos ter sido mais criterioso em suas aventuras, pensei. Para mim, sempre fora uma imagem de força e acolhimento durante a infância; sua casa, com minha tia e meus primos, um lugar onde eu me sentia feliz. Para mamãe, ele era uma imagem de força, respeito e amizade, e sua casa, a casa que gostaria de ter tido para si.

Tão logo digerisse melhor o assunto, mamãe me disse que telefonaria para ele. O que aconteceu dias depois.

– Combinei com seu tio que irei vê-lo, minha filha.

– Claro, mamãe. Vá sim.

– Mas como tomará conta sozinha de Manuela? Como conseguirá trabalhar? – mostrou preocupação.

– Darei o meu jeito, mãe. Você precisa ver o seu irmão. Ficarei bem e cuidarei dela. Não se preocupe.

– E o seu pai? Como se virará sozinho?

– Ficará bem também. Estarei por perto.

– E a passagem? Deve ser muito cara.

– Pagarei para você, se for o caso. Precisa ir, não se perdoará se não for. Quanto ao papai, ele não se importará. Sabe se virar. Vá e passe um mês com seu irmão. Isso te fará bem, mãe.

Após alguma relutância, a ida ficou alinhavada, com data a confirmar. Uma frase então ressurgiu, inevitável, em minha mente:

"Te ayudaré a venir se vienes y a no venir se no vienes"

Ela iria.

A fantasia

Capítulo 11

[illegible]

Mamãe ficou muito abalada com a notícia. Seu irmão tão doente assim? Pobre João, coitada da família. Sabia que, como tantos homens e mulheres, tinha problemas no casamento e sabia também que, como tantos homens e mulheres, estava suscetível a se envolver com outras pessoas. Mas tudo isso ainda aos setenta e oito anos? Com que tipo de gente se envolvera? O que faria agora? Ouvira falar dos novos coquetéis que prolongavam a vida das pessoas infectadas. Eram caros, mas sabia também que dinheiro não era problema para ele. E quanto à exposição, ao constrangimento? Lorena, sua cunhada, lhe pedira discrição. Nem precisava pedir. Obviamente não comentaria com ninguém. Vivendo um casamento no mesmo padrão que o seu, Lorena mais se sentia penalizada do que traída.

Mamãe iria visitá-lo, com certeza. Apesar das dificuldades, como não ir? Sempre fora excelente irmão e a ajudara quando necessário. Ir a Luzeiros, mostrar-lhe seu amor, sua amizade, seria o mínimo que poderia fazer. Também seria muito bom rever a cunhada e os sobrinhos. Todos sempre tão queridos. Rever a cidade. Há anos não voltava lá. Veria Francisco também.

Escreveria para ele, não lhe contaria o verdadeiro motivo da viagem – seria obrigada a inventar uma desculpa, talvez alguma outra doença –, mas diria que passaria um mês na cidade. Seria a chance de se reencontrarem. A prova de fogo.

Ao mesmo tempo, sentiu-se angustiada. Certamente a imagem que Francisco guardava dela, em sonho, era mais bonita do que a da realidade. Talvez o ideal fosse preservá-la. Imagem dela e dele. Por outro lado, ele recebera fotos recentes suas e dissera que ela continuava a mulher de sempre, aquela que até hoje habitava seu imaginário.

Fora gentil, sem dúvida, pensou. Será que não reparara em seu rosto? Em sua paralisia facial? Não, não, não teria coragem de ir. Não. Não poderia deixá-lo vê-la assim.

Ou talvez fosse e não lhe dissesse nada. Sequer tomaria conhecimento de sua presença na cidade. Não seria a primeira vez. Sim, talvez fizesse isso. Foram esses os pensamentos que passaram por sua cabeça, ameaçando uma escolha que precisava ser feita.

Alheia a todo seu embate interno, fiquei de ver os preços da passagem, condições, datas possíveis.

Roupas, outro problema. Mamãe achava que não tinha roupas adequadas. Cabelos, unhas, pele...

Andava tão maltratada ultimamente. Sentiria vergonha do próprio corpo, do rosto. Vergonha de ter envelhecido.

Contou que correu ao quarto, abriu o armário, talvez conseguisse combinar algumas peças. Passou todas as roupas em revista, checou os sapatos, as joias, as bijuterias. Fez uma seleção, tirou o cheiro de guardado.

Constrangimento

Capítulo 12

Nunca me vi em tanta comoção para uma viagem. Mesmo que saísse pouco, costumava me preparar com mais tranquilidade. Para voltar a Luzeiros, entretanto, foi diferente. Havia tanta roupa para lavar, tantos consertos para fazer, que quase enlouqueci. Engraxei meus sapatos, reformei alguns vestidos, consertei e poli colares e brincos. Cremes, hidratantes, xampus, perfumes, meias-finas, lingerie, coloquei tudo em cima da cama no dia em que pedi à Carolina para levar a mala que me emprestaria para viajar.

– Vai levar tudo isso, mãe?

– Vou, nunca se sabe como estará o tempo.

– Já está tudo combinado?

– Já. Francisco irá me buscar no aeroporto, em Porto Alegre. Ficaremos um dia lá e, no dia seguinte, iremos para Luzeiros. Disse que reservou um hotel. – Meu rosto ruborizou quando falei a palavra hotel. – Preciso de sua ajuda, minha filha. João e Lorena não podem saber que vamos nos encontrar antes, não quero que esse assunto se torne público, não quero expor o seu pai a uma situação constrangedora. Ele não merece. Nenhum de nós, na verdade. – Senti que minha fisionomia fechava.

– Como quer que eu faça? – perguntou Carolina.

– Vou sair daqui um dia antes da data marcada. Sairei no dia 2 de abril, pela manhã, mas só chegarei a Luzeiros no dia 3 à noite. Seu pai pedirá notícias, e você dirá que falou comigo, que cheguei bem, que está tudo certo. Não ligue para a casa do João, perguntando por mim, deixe que eu ligue para você.

– Está bem, pode ficar tranquila.

– Desculpe te envolver nessa história, minha filha. Mas acho que eu e Francisco, cinquenta anos depois, temos o direito a um momento nosso.

– Mãe, não me peça desculpas e não ache que estou fazendo julgamentos. Acho que vocês têm mesmo esse direito e isso vai ser bom para os dois.

– E Antonio, o que acha?

– O mesmo que eu.

– Não está me julgando uma mulher baixa, uma "velha assanhada?" – Carolina acabou rindo desse vocabulário tão atípico meu e que soava estranho em minha boca.

– Não. Isso nem passa pela cabeça dele. Gosta de você. Torce por você.

Fiquei parada, visivelmente constrangida. Fazia planos de me encontrar com outro homem, de dormir com ele, e precisava de minha filha como cúmplice da aventura. Meu Deus, que situação. Carolina parecia não se importar, mas eu, Laura, me importava. Poderia desencadear uma guerra em família. Se Alberto algum dia soubesse, teria um ódio imenso por mim e acharia que eu e Carolina havíamos nos voltado contra ele. Que situação... Que Deus protegesse a todos nós, e não me desamparasse em meus momentos de dúvida.

Minha filha saiu do quarto, ao que silenciosamente agradeci. Roguei aos céus que eu não a estivesse constrangendo também, dando um mau exemplo. Como mãe, eu não deveria estar passando por aquela experiência. Deveria ser um modelo de boa postura, de mulher de família, de mãe que acolhe os filhos em seus momentos difíceis, ao contrário de fabricar problemas para eles resolverem. Mas tudo o que eu via no espelho era uma mulher comum, de carne, osso, neuroses, inseguranças; uma mulher de coração jovem, apesar da pele idosa, ainda com desejos e sonhos.

Sexo
Capítulo 13

Raras vezes eu e mamãe conversamos sobre sexo. O que aprendi sobre o assunto foi por minhas leituras e experiência própria. Uma vez, ela comentou brevemente sobre sua noite de núpcias. Disse que tinha sido muito ruim. Trinta anos e nenhuma experiência. Estava com medo e nervosa. Aparentemente, meu pai também. Mal se tocaram, ela se deitou de camisola na cama, ele pouco explorou seu corpo e a penetrou. Então, eles meio que viraram para o lado e dormiram.

Quando lhe perguntei se não houve momentos de carinho e atenção, sua resposta foi *Você conhece o seu pai*. Sim, eu o conhecia, mas como *pai*, e talvez como o marido de um casamento já desgastado, o que deveria não condizer com o homem recém-casado de então.

Mas papai não era mesmo uma pessoa carinhosa, e talvez por isso e também por sempre ter tido uma postura moralista, não a tivesse deixado à vontade em sua primeira noite de intimidade, temendo que qualquer iniciativa sua pudesse ser mal interpretada.

A verdade é que, quando mamãe me contou sobre seus planos de passar a noite com Francisco, saí disfarçadamente do quarto. Fiquei sem saber o que falar. Foi nesse momento também que outra ficha caiu e temi pelo que pudesse acontecer emocionalmente com ela. E se, ao se encontrar com aquele homem e ter sua fantasia reduzida à realidade, ela se visse para o resto da vida privada de um sonho? E se, após imaginar-se inúmeras vezes fazendo amor com ele, mais uma vez, se decepcionasse? Isso poderia muito bem acontecer. Sonhos tendem a encolher quando realizados.

Uma vez, no início da adolescência, eu remexia no sótão de casa onde havia alguns livros, e encontrei um volume grosso que falava sobre sexo. Com a curiosidade aguçada, eu o folheei. Vi seus desenhos esquemáticos, li alguns parágrafos, mas nada me chamou muito a atenção, achei-o extremamente técnico, esquemático, desprovido de erotismo ou qualquer outro sentimento.

Referia-se ao assunto como algo mecânico, necessário à propagação da espécie. *Coito*. Falava brevemente de prazer, focando-se mais na figura masculina. Tinha a capa rasgada, as páginas amareladas. Livro antigo, devia estar ali há anos. Suspeito (e lamento) que tenha sido alguma espécie de padrão de referência à vida sexual de meus pais.

Outra vez, nos meus dezessete anos, eu e mamãe tivemos uma breve discussão. Eu namorava um rapaz e dava início à minha vida sexual. Um dia, por negligência, deixei uma cartela de anticoncepcional à mostra, na mesa de cabeceira. Mamãe entrou em meu quarto e... Céus, sua filha não era mais virgem. Estávamos em meados da década de 1980.

Ela me aguardou chegar em casa e me abordou com uma expressão preocupada e severa. Munida de toda uma tradição sulista e ranço machista, me disse que eu agia de forma leviana, que me precipitava, que era muito nova e que meu namorado logo me deixaria, uma vez que eu havia *me entregado* a ele fora do casamento. Com um misto de raiva e decepção, eu lhe disse que ela estava redondamente enganada, que meu namoro não se limitava a sexo e que, na minha idade, as moças namoravam e transavam com os namorados. Que isso era normal. Que fazia parte. Paramos por ali. Mamãe sem mais argumentos, eu sem vontade de argumentar mais. Agora era ela que parecia se sentir leviana.

Após minha saída do quarto, voltei e continuamos a conversar. No meio da conversa, de forma repentina, mamãe me pediu que lhe indicasse alguns filmes com cenas de casais fazendo amor. Há tempos não fazia isso, talvez nem soubesse mais como era. É claro que não me encarou quando fez o pedido, estava de costas para mim, pegando mais uns pares de sapato dentro do armário.

Dessa vez fiquei surpresa. Mais até: senti vontade de rir. Francamente, não esperava por isso. Senti resquícios daquele mesmo incômodo inicial, ao perceber que os papéis estavam se invertendo e que minha mãe era também mulher, mas dei um jeito de abstrair. Que eu refletisse mais sobre isso depois; agora, cabia a mim fazer o que ela me pedia. Puxei pela cabeça alguns títulos.

Nove Semanas e Meia de Amor? Não, audacioso demais, não sabia o que mamãe acharia da cena do mel nas pernas. *Atração Fatal*? Não. Sexo selvagem na bancada da cozinha, não era esse o caso. *O Último Tango em Paris*? Também não, havia certa brutalidade naquele relacionamento. *Decameron*? Céus, o efeito seria o contrário... *Império dos Sentidos*? Socorro. *O Amante*? Talvez. Sim, *O Amante*, baseado na obra de Marguerite Duras. Não era o ideal, mas daria uma ideia.

Ficção

Capítulo 14

Eu viajaria no dia seguinte. A mala estava pronta há uma semana, mas eu ainda não havia me decidido em relação à roupa com que iria me encontrar com Francisco, nem o que usaria na primeira noite. Algumas opções aguardavam pacientemente por mim sobre a poltrona. Primeira noite... Me senti ridícula mais uma vez, eu não era mais nenhuma adolescente, e o peso da idade se fazia visível em meu rosto, em minha pele: flacidez, microvarizes, rugas, cabelos ressecados de tanta tintura, falta de viço, de brilho nos olhos... Ah, era melhor nem pensar. Se pudesse, usaria uma burca.

Carolina havia telefonado. Disse que viria me buscar após o almoço. Tinha uma surpresa para mim. Eu não sabia o que faria sem minha filha, sempre tão amiga, tão presente, alegre e atenciosa. Bastava ficar ao seu lado para eu me sentir bem, para dar risadas e ver que nem tudo deveria ser levado a ferro e fogo. Havia várias nuanças entre o certo e o errado, dizia ela e, com frequência, colocava a questão: *Certo para quem? Errado para quem?*

Eu a ouvi buzinar e desci.

– E aí, mamãe? Tudo pronto?

– Quase, minha filha, faltam algumas coisas bobas, mas quase tudo certo. Tenho que pintar os cabelos. Você daria uma parada na farmácia para eu comprar tinta?

– Desculpe. Sinto muito. Tenho um compromisso agora.

– O que foi? Aconteceu alguma coisa? – logo me preocupei.

– Aconteceu. – Adotou um ar misterioso.

– Manuela está bem? – Se algo estivesse errado com ela, eu não poderia nem pensar em viajar.

– Está.

– O que foi então?

– Iremos ao salão. Cabeleireiro, pé, mão. Nada de tinta de farmácia, D. Laura. Depois te deixo em casa. Quero você linda.

Embora eu não gostasse muito do ambiente de salões de beleza, atarefada do jeito que estava, acabei aceitando de bom grado a ideia. Todo esse ritual de beleza tomava um tempo imenso do qual eu adoraria ser poupada.

No salão, o que eu levaria um dia inteiro para fazer em casa, foi resolvido em poucas horas: tinta, hidratação, manicure, pedicure. Meu Deus.

Depois de tudo isso, e já em casa, Carolina me deu ainda um *tailleur* e uma bela camisola e *penhoir* rendados. Ruborizei mais uma vez quando ousei imaginar que ficaria deslumbrante neles.

– Ah, minha filha... – Sentei na cama, a felicidade se esvaindo. Estava prestes a chorar. – A vida prega cada peça... Me sinto tão bem, mas, ao mesmo tempo tão errada!

Meu Deus, por que eu ainda estava tão insegura? Eu sabia que não seria fácil, mas precisava ser tão difícil? Tive o ímpeto de me servir de um pouco do vinho do Porto que ainda restava no armário da sala. Não era de beber, mas um pouquinho de álcool às vezes ajuda. Relaxa, ameniza os problemas, a culpa, libera sentimentos reprimidos, mostra-lhes a porta de saída, deixando-a temporariamente aberta. Carolina com certeza me acompanharia, e então nós ficaríamos alegres, falaríamos bobagens e riríamos de tudo.

Desisti em seguida, o álcool acabaria alterando o efeito dos meus remédios e eu não queria que nada prejudicasse meu estado de saúde. Vendo meu desconforto, minha filha segurou minha mão.

– Escuta, mãe, se quiser desistir, desista. Se tudo isso estiver sendo demais para você, pare. Desmarque com Francisco. Seja sincera com ele. Vá só visitar seu irmão – Senti que falava do fundo do coração. Estava preocupada também. – Quer desistir?

Fiquei alguns momentos com o olhar parado.

– Não, minha filha, não quero.

– Então, mãe, vá tranquila, faça só as coisas que achar que deve e que se sentir à vontade para fazer. Levante a cabeça e vá sem culpa, por favor. Esqueça "certo" e "errado" a aja de acordo com sua a consciência e com o seu coração. Tudo bem? Ninguém vai te forçar a fazer nada que você não queira fazer.

Refleti um momento e perguntei:

– Já se sentiu pressionada pelos próprios desejos, minha filha? Em conflito com eles?

– Sim mãe. Todo mundo, não? Acho que todo mundo, em algum momento, enfrenta um embate entre o que gostaria de fazer e o que acha que deveria fazer. Alguns se permitem, outros não. Os que se permitem, os que correm com os lobos, experimentam e conseguem ter um julgamento com base em experiências concretas. Os que não, continuam na dúvida. O que é meio frustrante, né? Às vezes acho que é melhor a gente se permitir uma suposta "loucura" para ver no que vai dar... Se der em alguma coisa, deu. Se não der, guardamos a experiência, aprendemos com ela e bola pra frente. Pelo menos experimentamos, vivemos.

– E as pessoas à volta? – perguntei angustiada. – Não acha que elas podem se machucar?

– Talvez sim, talvez não. Não sei. Tudo depende da forma como se age. Algumas questões são muito íntimas, como acho que é a sua. E devem ser resolvidas intimamente. Sem alardes, justamente para não machucar as pessoas. É isso o que eu acho, mãe.– Sorriu. – *C'est* lá *vie*.

– Se estivesse no meu lugar, faria a mesma coisa? – continuei, sem me dar por convencida. – Arriscaria? Mesmo sabendo do peso de uma traição?

– perguntei, por fim.

– Sim. No seu lugar, eu faria o mesmo... Mas tem uma coisa que acho que você não está enxergando, mãe. Ou está olhando pela ótica errada. Há quantos anos você e o papai vivem em separação de corpos? Não se tocam, não dormem juntos e não compartilham nada além de problemas e resmungos?

– Eu sei... – admiti, pensativa

Carolina parou de falar, viu que eu precisava refletir sobre tudo o que havíamos conversado. Após um breve silêncio, mudando de assunto, anunciou:

– Olha, tenho um presente para você. Vem cá. Acho que vai gostar.

– Outro, minha filha? – perguntei, encabulada.

Ela pegou o embrulho e me entregou.

– Sim, outro. É um telefone celular. Para viajar com mais segurança, para se comunicar comigo, se precisar. Ligue quando chegar, para dizer se está tudo bem. Só isso.

– Jamais pensei em ter um celular. Achei que nunca andaria com um telefone a tiracolo. – Abri o pacote como se fosse um brinquedo. – Meu Deus... Será que não estou muito velha para isso? – perguntei, tirando o aparelho da caixa. – Você vai ter que me ensinar a usar, minha filha.

– Não está velha para nada, mãe. Ao contrário, está bem viva, não está vendo? E prestes a visitar seu irmão. Vamos lá que eu te ensino. Cadê os seus óculos?

***

Eu ficaria mais tranquila com mamãe levando o telefone celular, e acreditava que ela também, embora seus medos nada tivessem a ver com segurança, possíveis desencontros ou imprevistos. Para ela, o deslocamento, o voo, a chegada, a volta, tudo isso ocorreria sem problemas. Tampouco lhe passava pela cabeça ter alguma indisposição, tontura, alguma dor. As manifestações físicas de seu problema facial, assim como de sua mal sucedida cirurgia, tinham dado um descanso.

Eu já havia percebido isso, mas preferi não falar. Mamãe andava diferente nos últimos meses, muito mais saudável. Era como se não houvesse mais tempo para sentir dor. Como se esse peso não lhe caísse mais sobre os ombros, como se essa cruz não precisasse mais ser carregada.

O que estava em cena agora era a ideia de traição e o medo de vê-la deflagrada – isso a assombrava. E também a questão da idade. Bem ou mal, no entanto, essas angústias estavam sendo administradas.

Mas, eu me preocupava com ela. Não uma preocupação por conta de sua história vir ou não à tona – a probabilidade disso acontecer era mínima –, de uma recaída de seu estado de saúde enquanto estivesse fora, ou de seu contato com o irmão agora doente. Minha preocupação se dava mesmo em relação à perda de sua fantasia.

Mamãe estava prestes a ficar cara a cara com sua ficção. Olhar de frente para ela e vê-la dissolver-se em realidade. O homem com quem há tanto tempo sonhava envelhecera, cristalizara hábitos, trejeitos, verdades. O mesmo acontecera com ela. A possibilidade dos dois se frustrarem um com o outro era grande. E isso sim poderia ter efeitos colaterais dos mais imprevisíveis.

Mario Vargas Llosa, em *A Verdade das Mentiras*, diz que a missão da ficção é mentir de maneira persuasiva, de fazer passar por verdades mentiras que não são gratuitas, pois preenchem as insuficiências da nossa vida. Pois era esse o meu maior medo, que as insuficiências da vida de minha mãe perdessem seu alento e não fossem mais preenchidas. Não que eu não acreditasse no amor, não era isso. Mas tinha medo daquele amor imaginado, idealizado, infinito que ela sentia por Francisco e vice-versa.

É claro que em algum momento da vida eu também já havia me visto no papel de sonhadora ou de objeto de sonhos, mas a diferença era que, apesar dos quase 40 anos que nos separavam, eu tinha mais defesas e mais vivência do que ela e sabia administrar mais facilmente o limite tênue entre o sonho e a realidade.

Muito sofrida desde a infância, desde o falecimento da irmã, a cegueira da mãe, a doença do pai, a não consumação de um relacionamento com Francisco e o casamento falido, mamãe se acostumara a viver no luto. A perda – ou o não ganho –, era praticamente a única realidade que ela conhecia.

Claro que reagira e reconstruíra a vida, mudara de cidade, trabalhara, constituíra família, mas aquela questão íntima, aquele luto interno, jamais a abandonara. Alimentar seu amor por Francisco, vivê-lo numa esfera de sonhos, era uma forma de preencher as tais lacunas da vida.

E se agora, na hora do confronto, aquele amor idealizado se provasse, de fato e unicamente, uma ilusão? E se ela perdesse o que tanto lhe preenchia os vazios que sentia como mulher?

Enfim, esse era meu grande medo nos dias que antecediam sua partida, pois tudo é cor-de-rosa no imaginário, bom, descomplicado, leve, prazeroso. Mas na hora do confronto, do olho no olho, é que a realidade mostra sua cor.

Aeroporto
Capítulo 15

Não era a primeira nem a segunda vez que eu viajava sozinha. Embora fosse uma pessoa caseira e me atordoasse com grandes movimentos, vencia o medo de me aventurar por lugares estranhos. Aprendi a vencer esse medo por necessidade, tendo sido a mudança para o sudeste uma grande escola. Sair da pacata Luzeiros e enfrentar a eletrizante Copacabana me fez enfrentar muitas coisas de frente.

Mais tarde, casada e mãe de família, para ajudar a sustentar as meninas, muitas vezes saí de casa com quadros debaixo do braço, para oferecer a galerias no Rio de Janeiro e São Paulo. Era trabalhoso, penoso, pegava transporte público, enfrentava trânsito, calor, marchands exploradores, mas me saía bem. Retornava inteira.

Entrei no avião. Dentro de menos de cinco horas eu me encontraria com Francisco. Talvez ali, com ele, é que começasse a grande viagem pelo desconhecido. Tive um voo tranquilo e procurei me acalmar sempre que a ansiedade pedia vez. Para cada frase que me levava a dúvidas ou a algum tipo de tormento, eu recitava mentalmente alguns pensamentos budistas, algumas citações de Khalil Gibran e de Teilhard de Chardin:

Meu Deus, que loucura.
"O louco que reconhece sua loucura possui algo de prudente; porém, o louco que se presume sábio, esse está realmente louco."

E se minhas dores voltarem?
"Feliz será aquele que consegue vencer a dor."

Me sinto tão bem, mas, ao mesmo tempo, tão errada.
"Quem não sabe aceitar as pequenas falhas das mulheres não aproveitará suas grandes virtudes."

Vivo numa solidão a dois.
"A alma humana é feita para não estar sozinha"

Você é apenas humana.
"Não somos seres humanos vivendo uma experiência espiritual; somos seres espirituais vivendo uma experiência humana."

Os livros sempre foram grandes companhias para mim, amigos próximos, fontes de apoio. Mais do que conforto, posso dizer que eles me salvavam a vida. Várias vezes fui criticada por minhas leituras.

Minha família comentava que eu era escrava de livros de autoajuda, de filosofia, teologia, psicologia. Que seguia fórmulas fabricadas por Deepak Chopra, que almejava tomar como minhas as reflexões de Jean Yves Leloup e a sabedoria de Leonardo Boff; que via na *Alquimia Emocional* de Tara Goleman um passo-a-passo para viver.

Achavam que eu tornava minha caminhada mais difícil, pois quanto mais eu lia, mais longe me via do estágio que queria atingir. Várias vezes Carolina me aconselhou a fazer psicanálise, se fosse para entender o mundo, que começasse entendendo a mim. Tentei, tentei de verdade, mas não consegui. Não me sentia à vontade para revelar medos e angústias dos quais só eu sabia. Como o outro entenderia a intensidade de tudo pelo que eu passava? Só quem sofre sabe. Também não gostava da falta de religiosidade que via nos psicanalistas. Se Deus era minha maior esperança de ajuda, quem teria o direito de desmenti-Lo? Carolina uma vez perguntou: "E desde quando você precisa saber se seu analista acredita em Deus? Ele vai trabalhar os seus medos, as suas fantasias... A crença não entra aí." Entrava sim.

Uma vez fui ao consultório de um psiquiatra que, após um questionamento superficial e inócuo, me perguntou indignado por que o deixara para o último da lista de médicos a que precisava ir. Respondi que o deixara por último porque ele não tinha horário e os outros sim. Ele então me sorriu com malícia, como se insinuando que meus motivos fossem outros, como se eu tivesse agido por preconceito, medo, descrença. Não senti confiança... Que profissional é esse que julga os outros sem os ouvir de fato? Não entregaria minha cabeça àquele homem. Talvez eu tivesse mais leituras do que ele.

As cinco horas de voo passaram rapidamente. O piloto acabara de anunciar que começaríamos a aterrissagem dentro de alguns minutos. A ansiedade voltou, agora não havia citação que me acalmasse.

Meu pai
Capítulo 16

Meu pai era um homem muito bonito, sabia [illegible]. Comparava-se a um [illegible]. Mens [illegible] forma física, [illegible] jogador de tênis, [illegible] inteligente e elegante... Mas distante e autoritário [illegible] de si, achava-se [illegible] modelo a ser seguido. Acreditava em verdades absolutas, ignorava a doutrina relativista, era um homem convicto. Fumava demais: cigarro Continental, quatro maços por dia. Anos depois, fiz as contas, em média, dez centímetros vezes vinte, dois metros por maço. Dois metros vezes quatro, oito metros por dia. Muita nicotina.

Sua relação com minha mãe sempre fora cerimoniosa, os dois não pareciam marido e mulher. Conversavam como duas pessoas educadas, sentavam-se confortavelmente no sofá, viam televisão. Não exatamente [illegible] – os gostos [illegible] arte, religião, filosofia rendiam bons [illegible] – o que lhes faltava era intimidade.

A única [illegible]

[illegible]

Meu pai era um homem muito bonito, sabia disso. Equiparava-se a um Tarcísio Meira em plena forma física, no auge da atuação. Culto, poliglota, físico de jogador de tênis, aparentemente gentil e galante... Mas distante e autoritário. Prisioneiro de si, achava-se um modelo a ser seguido; acreditava em verdades absolutas, ignorava a doutrina relativista, era um homem contido. E fumava demais: cigarro Continental, quatro maços por dia. Anos depois, fiz as contas: em média, dez centímetros vezes vinte, dois metros por maço. Dois metros vezes quatro, oito metros por dia. Muita nicotina.

Sua relação com mamãe sempre fora cerimoniosa, os dois não pareciam marido e mulher. Conversavam como duas pessoas educadas, sentavam-se comportadamente no sofá, viam televisão. Não exatamente lhes faltavam assuntos – os gostos opostos para arte, religião, filosofia rendiam bons debates – o que lhes faltava era intimidade.

A vida deles corria sem graça, arrastada, sempre igual. Pouco saíam de casa. Ocasionalmente recebiam alguns conhecidos. Também não brigavam, foram raras as vezes em que eu e minha irmã os vimos discutir, mas, quando discutiam, a palavra final, a mais reverberante, geralmente era dele. Menos vezes ainda os vimos trocando carinhos. Em suma, não havia agressão, assim como também não havia demonstrações de amor.

Engraçado, porém, que apesar da relação distante que mantinham, quando um dos dois se ausentava, surgia um vazio na casa e uma inquietação quase palpável em torno daquele que ficava. Logo se telefonavam em busca de notícias. Davam-se melhor por telefone do que ao vivo. Talvez, nos dias de hoje, viessem a ser bons parceiros virtuais.

Para mim, durante muito tempo, meu pai foi um estranho. Lembro que eu chorava quando, por algum motivo, ele precisava me levar ou buscar na escola. Não sentia proximidade com ele. Tinha a voz sempre em tom de comando, uma postura hierarquizante, a mão grande demais, pesada demais, embora nunca tenha me batido.

Uma vez, no jardim da infância, a professora pediu que as crianças fizessem o retrato do papai para presenteá-lo em seu dia. Lembro que peguei a folha de tamanho ofício e desenhei um bonequinho minúsculo no centro. Havia pais robustos e ensolarados na sala. Como minhas colegas conseguiam fazer desenhos tão grandes assim? O meu era pequenininho, quase invisível, flutuando no nada.

Para Estela, de gênio similar ao dele, nosso pai era alguém inatingível e pronto para discordar e rebater qualquer coisa que pudesse agradá-la. Fora especialmente duro com ela, promovendo comparações entre nós e dessa forma, jogando uma irmã contra a outra. Sem flexibilidade e inteligência emocional, ele não percebia que grande parte do desentendimento entre nós duas era fruto de uma má administração sua dos laços familiares.

Curioso perceber como ele nunca se deu conta dos efeitos de sua postura e distância, talvez achasse que, quanto mais inacessível fosse, mais cultuado e amado seria. Muitos homens, na época, pensavam assim.

Não se via deixando a desejar e, assim sendo, não sentia culpa. Desconhecia o termo. Indiferente, egoísta, amoral? Não, no fundo, talvez um menino ainda, vítima do mundo – como muitas vezes se sentira – e com um lado afetivo que não deixava aflorar.

Com o tempo, já adulta, aprendi a amá-lo sem grandes ressalvas. A aceitar suas fraquezas e a tentar compreendê-lo. Também passei a gostar de sua companhia.

Várias vezes pedi a ele que me ajudasse a preparar aulas e revisasse meus artigos para que tivéssemos um ponto de convergência. Ele adorava. Era cauteloso em questionar minhas escolhas e ficava envaidecido quando eu aceitava as dele.

Quanto a Estela, morando na Europa, falavam-se por telefone, novidades superficiais de lá e de cá, sem maiores contatos e aprofundamentos. Para sorte de ambos, havia um Oceano entre eles.

Houve época em que tive curiosidade de vê-lo sem suas habituais barreiras; por exemplo, sob efeito Johnnie Walker, para ser mais clara. Queria ver como se comportaria, se seria capaz de se soltar. Confesso que tentei algumas vezes, mas nunca consegui. Independente do número de doses, o homem era uma rocha.

Quando se casou com mamãe, era advogado trabalhista de uma companhia mineradora. Tinha 37 anos, um bom emprego e um ótimo rendimento. Logo em seguida a primeira filha nasceu, causando as conhecidas reviravoltas na vida; três anos depois nasci eu.

Então, com duas filhas pequenas e alegando uma imensa insatisfação profissional, abandonou o emprego e a advocacia, gerando uma crise financeira sem precedentes, recheada de cobranças e reprimendas por parte dos irmãos e dos pais. Quanto à minha mãe, recebeu, perplexa, a notícia. *Como vamos sustentar as meninas? Como faremos com o aluguel e as outras contas?*

Bom tempo se passou com meu pai fora do mercado, sem saber o que fazer, tentando uma coisa aqui, outra ali. Quando nada deu certo, aceitou o convite feito por tio João para um possível emprego no Rio Grande do Sul. Apesar de nada ter sido devidamente costurado, mudamos todos para Luzeiros, a mesma cidade onde mamãe nasceu.

Após a mudança de cidade, de clima e de vida, a promessa de emprego mostrou-se inconsistente, fora pouco mais que um convite alinhavado, um ponto sem nó. Mexido em sua dignidade, papai recomeçou do zero, aprofundou conhecimentos seus de sociologia e antropologia e tornou-se professor. Deu aulas na Universidade Católica de Luzeiros e lá mesmo cursou faculdade de Letras. Em sequência, abriu uma escola e, durante um bom tempo, foi este o sustento da família.

Foi o falecimento de meu avô, anos depois, junto com a percepção da finitude da vida e o mau andamento da escola, que fez com que ele, mais uma vez, resolvesse se mudar e, num movimento contrário, se aproximar do ninho. Assim, uma década mais tarde, toda a família retornou ao sudeste, de onde, talvez, nunca devesse ter saído.

Espera - Alberto

Capítulo 17

O avião aterrissou, e meu coração continuou acelerado. Crise de adolescência tardia, pensei, enquanto descia da aeronave para esperar a chegada das malas em pé, diante da esteira rolante e em meio a uma infinidade de gente que não parava de chegar. Percebi que haveria demora. Olhei o relógio; Francisco disse que estaria no aeroporto a partir das 19h. Eu tinha alguns minutos ainda. Cansada, recostei em uma coluna e tentei desligar a mente de pensamentos sobre o que viria pela frente. Em seu lugar, lembranças de Alberto afloraram.

Minha atração por ele foi física, puramente pela aparência. Ele era advogado de uma empresa mineradora; eu era a secretária da diretoria. As mulheres do escritório o cobiçavam, e admito que senti certo prazer quando percebi que olhava para mim.

Fomos apresentados e, logo no primeiro aperto de mão, eu senti que me casaria com ele. Coisa sem explicação, pura premonição. Ele era muito bonito, alto, bem-vestido.

O avião aterrissou, e meu coração continuou acelerado. *Crise de adolescência tardia*, pensei, enquanto descia da aeronave para esperar a chegada das malas. Em pé, diante da esteira rolante e em meio a uma infinidade de gente que não parava de chegar, percebi que haveria demora. Olhei o relógio, Francisco dissera que estaria no aeroporto a partir das 16h. Eu teria alguns minutos ainda. Cansada, recostei em uma coluna e tentei desligar a mente de pensamentos sobre o que viria pela frente. Em seu lugar, lembranças de Alberto afloraram.

Minha atração por ele foi física, puramente pela aparência. Ele era advogado de uma empresa mineradora; eu era a secretária da diretoria. As mulheres do escritório o cobiçavam, e admito que senti certo prazer quando percebi que olhava para mim.

Fomos apresentados e, logo no primeiro aperto de mão, eu soube que me casaria com ele. Coisa sem explicação, pura premonição. Ele era muito bonito, alto, bem vestido.

Nossos primeiros diálogos foram rápidos e polidos, estritamente profissionais. Então ele começou a intensificar as visitas à diretoria, e começamos a conversar sobre outros assuntos. Livros, música, filmes, artistas. Percebemos que tínhamos interesses em comum e que seria bom se nos encontrássemos fora do escritório. Não demorou muito, ele me convidou para ir ao cinema: *La Dolce Vita*.

Sentados em uma confeitaria, após intensa discussão sobre o filme, ele me falou de sua família, dos pais, dos irmãos e de sua origem austríaca. Contei-lhe que viera do Rio Grande do Sul, que cursara a Escola de Belas Artes, que pintava e tocava piano. Falamos um pouco sobre arte. Ele morava em um ótimo endereço no Grajaú, eu em um ótimo endereço em Copacabana. Acho que passamos impressões bem positivas para um e outro e descobrimos algo em nós além de nossa aparência. Da confeitaria, saímos de braços dados, o que, na época, significava namoro.

Após poucos meses de namoro, numa troca solitária de alianças, resolvemos ficar noivos e apresentar formalmente nossas famílias. Do meu lado, num primeiro momento, apenas minha mãe. Iago, ainda solteiro e sempre às voltas com o trabalho no banco e a carreira iniciante de médico, ficaria para outra oportunidade. João e família, que moravam em Luzeiros, ficariam para uma futura ida ao Sul.

Minha mãe, respirando aliviada por eu mais uma vez noivar e pensar em casar, foi extremamente receptiva. Embora já tivesse desistido de falar, ressentia-se do estigma da solteirice que eu, com trinta anos completos, carregava nas costas: o de não ter sido escolhida ainda por um homem e correr o risco de jamais ter filhos. Minha avó e minha tia não eram mais vivas, mas, caso fossem, soltariam fogos de artifício.

Do lado de Alberto, a família me tratou com cordialidade, mas pouco mais do que isso. Assim como ele, eram todos contidos em demonstrações de afeto e quem era eu, afinal de contas, que ali chegava, ameaçadora? Viviam numa casa majestosa, tinham hábitos refinados e algum parentesco nobre que toda hora era citado. Minha chegada pareceu abalar um pouco a estrutura daquele lar, embora fortes laços afetivos tenham sido firmados com o tempo.

Meses depois, com o casamento marcado, providenciamos casa e começamos a arrumá-la. Com meu salário de secretária, comprei um belíssimo enxoval e alguns enfeites para nosso quarto. Um comentário, porém, durante a arrumação da casa, me fez desistir de todo aquele projeto de vida:

"Seu atelier... Melhor ser aqui, no quarto de empregada, para não haver risco de cheiro de tinta pela casa."

Mal acreditando no que eu tinha acabado de ouvir, meu estômago se comprimiu para logo se dilatar e dar lugar à raiva. Muita raiva. Mas não rebati, não sei reagir quando sou pega de surpresa. Profundamente magoada, fechei meu semblante e decidi intimamente que desmancharia o noivado e cancelaria o casamento. Sim, faria isso. Sairia dali, explicaria a situação a minha mãe e aos meus irmãos, arrumaria outro emprego e nunca mais o veria na minha frente. Não poderia viver com um homem que destinasse uma parte tão importante de mim aos fundos da casa.

***

Casamos em outubro do mesmo ano. Usei o vestido que fora do casamento de minha cunhada, bobagem gastar uma fortuna para uma roupa que só seria usada uma vez. Fiz alguns pequenos ajustes, subi um pouco a bainha e encurtei o véu, por causa da idade. Com a casa arrumada e impecável, o piano na sala e o cavalete no quarto de empregada, os móveis antigos fabricados em madeira nobre ganharam destaque. Os livros e discos na estante demonstravam que naquela casa havia gosto, cultura e saber.

Assim que casamos, ficou tacitamente acertado que eu sairia do emprego e me dedicaria ao cuidado da casa. Relutei um pouco para tomar essa atitude, mas assim o fiz, pois era assim que se fazia. E então os dias começaram a passar lentos e solitários.

Após dois meses de casamento, arrependida e deprimida, eu me muni de uma coragem que não parecia minha e pedi a separação. Não me sentia à vontade naquela casa intocada, como se pronta para uma fotografia. Era como se ela não fosse minha. Para agravar, eu não estava acostumada a trabalhos domésticos e que homem era aquele com quem eu havia me casado? Distante, cerimonioso, voz de palestrante, de comandante de navio. Perto dele, eu me sentia uma visita que, após conversas superficiais, se tornava indesejada. Embora vivêssemos juntos e dividíssemos a mesma cama, nenhuma intimidade surgia entre nós.

Alberto, assustado com meu pedido tão inesperado, procurou conversar. Perguntou o que se passava, implorou que eu reconsiderasse. O que diria à família? O que pensariam? O que falariam dele como marido? Prometeu melhorar. Sua argumentação me fez pensar mais seriamente também *no que seria de mim*. Estávamos em meados da década de1960 e o estigma de mulher desquitada me assombrou. Além disso, o que eu diria a minha mãe e aos meus irmãos? Talvez pudéssemos tentar.

O momento passou e nós fomos levando. Então o susto da primeira gravidez. Enjoos, tonturas. Quem sabe estivesse doente. Nem pensei em filhos, tampouco os evitei; uma ingenuidade quase doentia às vezes se apoderava de mim, era como se algumas coisas não pudessem acontecer. E agora eu estava grávida.

Dizem que fiquei linda, mas só o que posso

assegurar é que me senti bem. De quadris largos e rosto delicado, a barriga saliente pouco deformou meu corpo e, ao mesmo tempo em que trouxe vida para dentro de mim, trouxe também brilho aos meus olhos. Fui feliz durante a gravidez.

A gestação passou e nasceu uma menina. Dei-lhe o nome de Estela, astro celeste, que agora em meus braços traria novo ritmo e luz aos meus dias.

Quanto ao meu relacionamento com Alberto, o que já era distante, mais distante ficou. Sem saber muito bem como tornar-se pai, ele não se envolvia, preferindo aumentar as horas de trabalho. Com as horas aumentadas, o cansaço se multiplicava por dois e não havia tempo para a casa ou para quem estivesse nela. Eu também não sabia como era ser mãe, mas me esforcei para aprender.

Três anos depois, a surpresa do segundo filho. Desta vez, surpresa justificada, pois eu tomava anticoncepcional – uma novidade na época –, quando me vi grávida novamente. Na verdade, não lamentei, achei bonito até, um sinal de que alguém queria nascer. Mais uma vez, senti-me feliz.

Então Carolina nasceu. Carolina, mulher do povo, mulher doce. Assim seria minha menina, a despeito de assustar mais ainda o pai e despertar ciúmes na irmã.

Com a família agora maior, dois anos depois, Alberto entrou em crise profissional e, num rompante, resolveu largar o emprego. Fiquei apavorada, aquilo era uma temeridade. As meninas eram muito pequenas e o salário da empresa era bom, onde conseguiria um rendimento à altura? Como nos sustentaria?

Foi quando os problemas, de fato, se agravaram. Sem o dinheiro da mineradora, dificuldades financeiras foram se acumulando às dificuldades que tínhamos como casal. Inúmeras tentativas de novo emprego foram por água abaixo: escritório de advocacia, oficina automotiva, firma de construção. Nada dava certo. O relacionamento comigo e com as filhas era praticamente nulo, ele vivia taciturno, irritado.

Na mesma época, minha mãe, com cegueira avançada, passou a não poder mais viver sozinha e mudou-se para nossa casa. Ao contrário do que eu esperava, porém, a mudança deu certo e melhorou a atmosfera do lar. Além de ter minha companhia e das meninas, ajudava-me no cuidado com elas e nos afazeres domésticos. Inesperadamente, deu-se muito bem com Alberto, com quem conversava por horas a fio e a quem divertia.

No entanto, com uma situação financeira que se tornava cada vez mais crítica, alguma medida precisaria ser tomada e, no desespero da aparente falta de opções, minha mãe, mais uma vez, recorreu aos filhos homens e telefonou para Iago e João.

Após falar com João, em Luzeiros, deu-nos o recado para que telefonássemos para ele, pois tinha um convite a nos fazer. Várias ligações telefônicas depois, João finalmente nos convenceu a ir para Luzeiros, pois haveria trabalho em sua construtora. Meu marido e eu conversamos sobre o assunto, medimos prós e contras e acabamos optando por nossa ida para a cidade de onde eu havia partido há dez anos e onde agora, ironicamente, a vida seguiria outro rumo.

Seguiria, caso as promessas tivessem se tornado verdade. No afã de me ajudar, João precipitou-se. Além de não conhecer bem o temperamento de Alberto e saber em que setor o aproveitaria, João não providenciou cargo, espaço, trabalho, mesa ou satisfação. Enfim, nada havia para fazer em sua empresa. Era próspera, porém pequena, com os sócios dando conta perfeitamente de todos os afazeres. Sentindo-se desnecessário e ferido em sua dignidade, Alberto rompeu relações com meu irmão e mergulhou em mais um período de indecisão sobre o que fazer para nos sustentar.

Voltou a estudar. Estudou idiomas. Enquanto estudava, recebíamos ajuda financeira de minha mãe e eu, clandestinamente, a ajuda de João. Em um ano, Alberto começou a lecionar em escolas particulares. Depois cursou sociologia e antropologia, e foi tutor de uma universidade.

Orgulhoso de seus novos campos de saber, colocou-se um degrau acima da família. Era advogado, professor, sociólogo, antropólogo, enquanto nós éramos apenas mulheres.

O casamento prosseguiu. As meninas entraram para uma boa escola e estavam felizes. Eu tomava conta da casa e pintava. Montei meu atelier num dos inúmeros quartos do casarão antigo que alugamos e, vez por outra, fazia o retrato de alguma senhora da sociedade Luzeirense. Jamais procurei Francisco em minha estada no Sul, embora sempre tivesse desejado encontrá-lo para saber de sua vida. Em comparação aos meus primeiros anos de casada, minha rotina estava um pouco melhor e foi mais fácil continuar levando. Então minha mãe faleceu.

Espera - O sono de minha mãe

Capítulo 18

Peguei as bagagens que duas moças retiraram da esteira ao perceberem que eu estava sozinha. Sempre tive a sorte de contar com a gentileza das pessoas e até hoje continuo me encantando com isso. Agradeci e passei pelo portão do desembarque. Havia muitas pessoas ali, uma meia dúzia delas segurando cartazes com nomes dos visitantes que eram aguardados. Cheguei a rir mentalmente ao imaginar Francisco com um deles na mão, com medo de não me reconhecer após tantos anos de ausência.

Olhei ao redor e não o vi. Muitos dos que chegavam paravam para dar e receber abraços de parentes e amigos e bloqueavam a visão dos que estavam atrás. Continuei a olhar para os lados para ver se o encontrava e comecei a ficar nervosa. Ele não estava ali. Olhei o relógio: 16h35.

O portão de desembarque foi esvaziando, as pessoas indo embora e eu me vi praticamente sozinha no saguão. Teria acontecido alguma coisa? Vi um quiosque que servia café e me dirigi para lá, me sentiria melhor esperando a uma mesa do que em pé.

Talvez Francisco tivesse ficado preso no trânsito e já estivesse chegando.

Pedi um café e uma água e tentei acalmar uma sensação de desamparo que começava a se instalar em mim. Respirei fundo. Que eu parasse de ser infantil, o que eram meros minutos de atraso? A visão de uma senhora com uma bengala para deficientes visuais, passando acompanhada na minha frente, me fez desligar um pouco da espera e mais uma vez voltar no tempo.

Sábado. Acordei cedo, como sempre fazia. Preparei café e arrumei a casa enquanto as meninas dormiam. Estranhei minha mãe ainda não ter levantado e, mais ainda, não ter ligado o rádio de pilha que parecia saltar para vida sempre que ela abria os olhos. Bati à porta para perguntar se estava tudo bem e, como não ouvi resposta, eu a abri. Da porta, a luz que entrava pela janela refletiu-se de forma muito brilhante em seu rosto. Sua pele parecia plastificada. Estranhei e me aproximei.

Quando cheguei mais perto, somente Deus foi testemunha do pânico que senti. O grito que se originou na boca de meu estômago saiu com a força daqueles que veem a morte de perto. E era exatamente isso o que eu via, não a minha morte, mas a dela.

Num impulso, enfiei a mão em seu rosto e puxei o plástico com os dedos. Como não se soltava, rasguei-o com as unhas. Desesperada, comecei a gritar:

– Mãe, mãe! Acorda, mãe! Acorda! – Bati em seu rosto. Bati várias vezes na esperança de que se mexesse, mas tudo o que consegui foi que ele tombasse para os lados no travesseiro. Quando me dei conta da altura de minha voz, tentei me controlar. *As meninas! Por Deus, as meninas não podem ver isso!* Saí do quarto e fui espiá-las, dormiam pesado ainda.

Voltei e corri os olhos pelo cenário montado por minha mãe, tudo fora preparado com esmero. Sobre a cama, colocara sua melhor colcha, assim como para morrer escolhera o melhor vestido: Jersey preto com rosas vibrantes como estampa. No pescoço, corrente e medalha de prata com uma figura em relevo de Jesus Cristo. Na poltrona junto à cama, o radinho de pilha, alguns sacos plásticos, um rolo de fita adesiva, um vidro vazio de pílulas para dormir, uma boa quantia em dinheiro e toda a papelada referente às ações que tinha no Banco do Brasil.

Diante daquela cena, sentei no chão ao lado da cama e comecei a chorar. Senti uma pena imensa de minha mãe e uma compreensão muito humana do que acabara de fazer. De que valia a vida, quando não se podia vivê-la? Como viver sem enxergar?

Mesmo que até aqueles dias ela aparentasse manter o espírito forte e o humor inabalável, como seriam os seus momentos de escura solidão?

Alberto chegou em casa logo em seguida. Entrou falando alto e eu pedi que baixasse o tom da voz. Percebendo minha expressão e as lágrimas que escorriam pelo meu rosto, entrou no quarto onde estava mamãe e viu justificado o meu estado. Igualmente abalado, segurou as mãos dela e se emocionou. Eram bons amigos.

Pedi a ele que esperasse as meninas acordarem e as levasse à casa de meu irmão. Deixaríamos a porta do quarto de mamãe fechada para que elas não fossem lá. Assim aconteceu.

Tão logo elas saíram, e com meus irmãos avisados, tentei me concentrar em que atitude tomar em seguida. Chamaria um padre? O serviço funerário? Seria necessária a presença da polícia? Tive a ideia de fazer uma busca pelo quarto para ver se havia algum bilhete caído, alguma carta de despedida, alguma coisa deixada com o intuito de nos consolar, mas não encontrei nada.

Abalada, corri à igreja do bairro onde morávamos e consegui encontrar o padre com quem me confessava. Eu temia pela alma dos suicidas e queria saber o que os esperava. As palavras dele foram como um bálsamo acalentador:

"São os suicidas que precisam de mais atenção na casa do Senhor, Laura. Confie em Deus Pai, que a todos ama e acolhe sem julgamento."

O padre me acompanhou até em casa e encomendou a alma de minha mãe, depois fez uma oração pedindo conforto para mim e minha família.

Mamãe morreu sozinha e por iniciativa própria.

Tivemos muitas diferenças ao longo da vida, mas poucos conflitos. Ela era forte, determinada, divertida, uma coluna de sustentação em todos os ambientes em que vivia. Era o oposto de mim e, por assim ser, me faria mais falta do que eu poderia imaginar.

Tive pena das meninas, elas ficariam arrasadas. Minha mãe era uma alegria para elas, fonte de histórias, de abraços perfumados, de balas fora de hora. Que Deus a recebesse de braços abertos e tivesse piedade de nós.

A atendente do quiosque interrompeu meus pensamentos:

– A senhora deseja mais alguma coisa?

– As horas – respondi.

– São 17h15. – respondeu a moça, logo saindo para atender outra mesa. Francisco não havia aparecido ainda.

A morte de minha avó - O retorno para o Sudeste

Capítulo 19

Lembro de pressentir que algo muito estranho tinha acontecido naquela manhã. Para começar, vi papai abraçando mamãe e nos tratando com uma amabilidade raramente vista. Levou a mim e minha irmã à copa, nos serviu café e disse que nos deixaria na casa de tio João. E olha que eles nem se falavam. Mamãe apareceu rapidamente com o rosto abatido, nos beijou, disse que logo nos buscaria e que estava tudo bem.

Passei a manhã inquieta na casa de meu tio, nem meu primo mais novo de quem eu gostava tanto conseguiu me distrair com suas brincadeiras de menino. Em um dado momento, abracei a cozinheira da família e, com a cabeça encostada em seu avental, comecei a chorar sem ideia do porquê.

No meio da tarde, meu tio nos levou para casa sem comentar nada no carro, exceto dizendo que nos daria um brinquedo. O que gostaríamos de ganhar?

Quando chegamos, meu pai nos levou para o quarto, sentou na cama de Estela e contou que a vovó havia falecido. Lembro de um grande silêncio interno, para que as palavras fizessem sentido. Depois, de sentir lágrimas ameaçando rolar. Pega na iminência do choro, fui rápida em reprimi-lo e, numa reação aparentemente estranha, me afastei da cama e comecei a cantarolar.

Papai perguntou se eu tinha entendido o que ele havia dito. Continuei a cantar. Em minha cabeça, a lembrança de um diálogo muito suave que há pouco tempo tivera com minha avó:

"No dia em que a vovó morrer, você promete que não vai chorar?"

"Prometo", respondi em seu colo, encantada com o biquíni quadriculado que acabara de ganhar de presente.

E a promessa foi cumprida, não chorei com sua ida e me senti forte e orgulhosa por isso. Por dentro, porém, sentia uma devastação oceânica.

Com a sequência dos dias, a melhoria de vida que a cidade tinha proporcionado a nossa família parecia então correr o risco de ser neutralizada. Minha avó havia morrido, minha mãe dava início a um período mais sofrido do que o habitual, e tudo isso teria surtido um efeito muito pior em nós, não fosse a cadelinha dachshund que meu pai nos deu de presente como compensação.

***

Eu tinha doze anos quando papai anunciou que nos mudaríamos de Luzeiros, voltaríamos para o sudeste e iríamos morar em Vila Verde. Após sete anos na cidade, a escola de idiomas que montara não ia bem e não havia outras oportunidades de trabalho para ele ali. Além do mais, minha avó paterna, viúva há pouco tempo, queria fazer a partilha dos bens entre os filhos e os desejava mais próximos.

Morando ali desde os cinco anos, Luzeiros foi a primeira cidade que reconheci como minha e onde fiz grandes amigos. De lá eu jamais gostaria de ter saído, mesmo sabendo que as coisas não iam bem. Tão grande foram nossas dificuldades em alguns momentos, que mamãe, além de fazer mágicas reformando as roupas que herdávamos de parentes, vivia inventando pratos na cozinha para que a comida básica de todo santo dia pudesse descer com mais colorido e sabor.

Papai, como sempre, vivia afastado, sendo sua interação comigo e Estela resumida a nos chamar atenção por alguma coisa que estivesse fora do lugar, alguma coisa que não tivesse sido feita ou alguma coisa feita errado. Quanto ao relacionamento dele com mamãe, instabilidade talvez fosse a palavra mais apropriada.

Um dia, pouco antes do anunciado retorno para o sudeste, ele chamou a mim e Estela para conversar. Mais uma vez fez uso de um tom amável e compreensivo, o que logo senti ser o prenúncio de alguma notícia ruim. Nos levou à sala e, na presença de minha mãe, informou que apesar de ele ter muito respeito e amizade por ela, eles não se davam bem como marido e mulher e iriam se separar.

Como era hábito meu em situações de perda, senti necessidade de me movimentar e comecei a andar pela sala, pegando os objetos que via pela frente. Dessa vez, não havia ali nenhuma promessa a ser cumprida, apenas a adoção de uma estratégia antissofrimento que eu levaria para o resto da vida.

Engraçado que, apesar da relação distante com meu pai, lembro da tristeza e do sentimento de abandono que senti com a notícia. De alguma forma, mesmo que eu não soubesse verbalizar como, ele me faria falta. Abalada, ao final da conversa me encolhi sozinha num canto da casa e senti medo do que viria.

A separação, no entanto, apesar de anunciada, mais uma vez não aconteceu. Mudamos para Vila Verde e lá meus pais refizeram a vida, embora em moldes similares aos de sempre.

Em relação a mim e a minha irmã, já adolescentes, seguimos caminhos diferentes e desvinculados: cada uma a seu tempo e a seu jeito, como desde cedo ficou claro que seria.

Desencontro

Capítulo 20

Tão tola, tão ingênua, tão imatura! Foi assim que me senti com a ausência de Francisco no aeroporto. Tantas décadas de separação não deveriam ter me servido de alerta para a impossibilidade de um relacionamento que só existia na minha imaginação? Que diabo eu estava fazendo ali, transformando a viagem para ver meu irmão doente em uma aventura tardia e descabida? Que papel ridículo eu estava desempenhando... E quanto a minha filha? Meu Deus, que vergonha eu senti de minha filha. Como pude envolvê-la numa loucura dessas, comprometê-la junto ao pai? Cobri o rosto com as mãos, não queria nem pensar. Queria abrir os olhos e ver que nada daquilo era real, que eu estava em casa, em Vila Verde, e nada daquilo acontecia.

– A senhora está sentindo alguma coisa? – A atendente tocou em meu braço. – Está passando mal?

– Não, não. Estou bem – respondi. – Só um pouco cansada, obrigada.

– Tem alguém pra vir buscar a senhora?

Levantei os olhos sem saber o que responder.

– A senhora quer que eu telefone para alguém? Ou chame um taxi? – insistiu.

Carolina, pensei. Talvez eu devesse telefonar para ela.

– Não, não, estou bem, minha querida. Minha filha virá me buscar. Atrasou um pouquinho, só isso. Obrigada.

– Se precisar de alguma coisa a senhora me chame, viu?

Assenti com a cabeça e comecei a pensar no que faria. Não, ligar para Carolina estava fora de questão, eu já a havia envolvido demais naquela história. Além do mais, eu era adulta e totalmente capaz de resolver meus problemas sozinha. Eu era a mãe, não ela.

Devo ter ficado mais uma meia hora pensando no que fazer. A esperança de ver Francisco chegar já não existia mais. Eram 18h30, duas horas depois do combinado, o dia estava escuro e eu precisava resolver para onde ir. De repente, uma lembrança: o telefone celular! Meu Deus, o que é a falta de hábito. Carolina me dera o aparelho para o caso de qualquer imprevisto e lá estava eu feito uma pateta sem me lembrar que ele existia. E se Francisco tivesse tentado se comunicar comigo?

Tirei o celular da bolsa e o liguei. Passados alguns segundos, vários estalos e bips saltaram para vida. Sim, ele certamente deveria ter tentado falar comigo e não conseguira.

Tentei ler as mensagens, mas as letras eram muito pequenas. Onde estavam meus óculos? Nervosa, comecei a revirar a bolsa atrás deles e as coisas começaram a cair no chão. Remédios, lenços de papel, caderneta de anotações.

A atendente voltou e me ofereceu ajuda.

– Você poderia ler as mensagens para mim, meu anjo? – pedi, após jogar tudo desordenadamente dentro da bolsa.

Ela me atendeu prontamente e, após alguns segundos:

– Aqui está dizendo que a senhora "pode fazer uma ligação grátis por dia, para qualquer número local móvel ou fixo ou qualquer número local fixo de outras operadoras, de até um minuto". Mandam isso sempre. – Balançou a cabeça. – Um saco.

Confesso que mesmo naquela situação, cheguei a rir.

– Mais nada? Nenhuma outra mensagem?

– Tem mais. Uma igual a essa que eu li agora pra senhora. Outra da Defesa Civil... Dizendo que caiu uma árvore na estrada RJ 116. A senhora é do Rio?

– Sou. Quer dizer, sou de Luzeiros, mas moro lá. Perto.

– É que está RJ aqui. Tem também uma chamada perdida. Deve ser da sua filha, que a senhora disse que vem buscar a senhora. Quer que eu ligue de volta?

Pedi a ela para me dizer qual era o número. Era o de Carolina.

– Não, meu anjo. Obrigada pela gentileza.

– Ah, tem outro aqui, também. Código de Luzeiros. Eu sei porque a minha tia mora lá.

Era um número desconhecido meu. Seria alguém com algum recado para me dar? A moça ligou.

– Não atende, caiu na secretária. Ou vai ver está fora de área. Às vezes está fora de área e cai na secretária.

– O que isso quer dizer? – Eu não estava acostumada com esse jargão tecnológico.

– Que ou a pessoa está com o telefone desligado ou está em lugar sem sinal.

A moça tentou de novo. Nada. Agora eu estava mais nervosa do que antes. E se Francisco tivesse tido algum problema e a ligação fosse para me avisar que não viria mais? Meu Deus, que situação! Já passava das 19h agora. Estava na hora de eu tomar uma decisão. Ficaria no aeroporto? Iria para um hotel? Tomaria um ônibus para Luzeiros?

Não, ir para Luzeiros não era uma opção. Já era tarde, a rodoviária ficava distante e se eu conseguisse um ônibus para lá, teria ainda 4 horas de viagem pela frente, sem contar com o translado para a rodoviária, o trânsito, e o que mais pudesse acontecer.

– Qual o nome da senhora? – perguntou a moça, ao me ver pensativa e desconfiando que eu fora esquecida ali.

– Laura.

– Dona Laura, eu vou chamar o Jorge. O Jorge é da administração aqui do aeroporto e ele vai ajudar a senhora a resolver o seu problema. Só um minutinho, viu?

Jorge apareceu e me levou ao guichê da administração. Contei minha história parcialmente inventada sobre o desencontro, falei que estava cansada, sem condições de ir embora e muito menos de ficar ali esperando. Em sequência, discutimos várias possibilidades, as quais neguei uma a uma, até que, finalmente, fui hospedada em um hotel bem próximo ao aeroporto, junto com várias tripulações de voos internacionais.

Acertados o check-in e a forma de pagamento, perguntei se poderiam me levar um chá, subi ao quarto e desabei. Estava exausta, fisicamente, psicologicamente. Os sentimentos confusos, o estômago contraído, o cenho fechado. Eu sentia o peso das minhas contrações musculares.

Francisco não havia aparecido e as razões para sua ausência podiam ser tantas, que se sobrepunham em minha mente. Por desencargo de consciência, peguei meus óculos, o telefone celular e chamei mais uma vez o número desconhecido. Continuava sem atender.

Desisti. Fechei os olhos. Os pensamentos mais uma vez atropelados. Cheguei à conclusão de que não conseguiria descansar, não no estado em que estava. Lembrei de uma época em que, quando ficava confusa com meus sentimentos, os colocava no papel e assim olhava para eles de forma mais concreta.

Busquei então uma folha onde pudesse concretizar meu sofrimento e encontrei bloco e caneta dentro da gaveta do criado-mudo. Comecei por listar as possíveis razões da ausência de Francisco, da forma como apareceram em minha mente:

- a esposa não viajou, ele não pôde sair
- a esposa descobriu, ele não pôde sair
- teve um mal-estar e não pôde vir
- teve um infarto (meu Deus, por favor, não)
- sofreu um acidente de ônibus. (por Deus, não).
- ficou preso no trânsito.
- F. arrependeu-se e desistiu de vir.

Escrever essa última linha fez com que corressem lágrimas de meus olhos. Poderia tão bem ter sido isso. Chorei de dor, de vergonha, de arrependimento. Ele pensara melhor, claro. Eu não. Francisco reconhecera que era tarde demais para viver aventuras amorosas. Eu não. Refletira sobre nossa idade e sobre o papel ridículo que faríamos. Eu não. E mesmo que eu achasse que ainda tinha idade para tanto, não me faltara um espelho? A batida à porta me fez pular e sair da sequência de represálias em que me encontrava. Uma xícara de chá era só o que me restava como alento.

A falta de notícias

Capítulo 21

Mamãe não telefonou no primeiro dia, nem no segundo. E eu já estava preocupada. O celular ora permanecia desligado, ora não respondia, e eu não podia arriscar ligar para a casa dos meus tios. O jeito era esperar.

Quando tinha lá meus 20 anos, nunca me importei muito em dar satisfações aos meus pais sobre aonde ia, ou a que horas ou em que dia voltaria. Com a educação rígida, desenvolvi um lado rebelde do qual me orgulhava e ao qual ainda hoje admito dever uma parte de minha sanidade mental. Ao meu humor devo a outra parte.

Só que agora que o papel se invertia e era eu a aguardar notícias, tive o vislumbre do quanto meus pais deveriam ter sofrido com minhas rebeldias e de como fui dura em alguns momentos. *Vida que segue, que se repete e ensina.*

Meu pai telefonou, perguntando se mamãe dera notícias, e eu disse que sim, que ela havia ligado, dito que a viagem fora ótima e que todos estavam felizes em tê-la por lá. Ele estranhou que ela não tivesse telefonado, e eu disse prontamente que ela havia tentado ligar, mas não tinha conseguido.

Incomodada por mentir, principalmente sobre algo que eu não sabia, temi que minha justificativa não tivesse convencido. Droga, e o que eu faria se a falta de notícias significasse algum problema? E se mamãe tivesse se acidentado? E se um deles tivesse tido algum problema de saúde, um ataque do coração? Uma lista longa de eventos aterrorizantes foi sendo baixada em meu cérebro até que resolvi interromper seu download.

"Notícia ruim chega logo", lembrei das palavras de minha avó. Estava na hora de lhe dar crédito.

Flores

Capítulo 22

[illegible]

Pedi ao funcionário que batia para aguardar um momento, levantei e fui ver meu rosto no espelho. Sequei-o brevemente com a toalha e tive ainda o cuidado de limpar a maquiagem que me escorria pela face, para não ser confundida com as cortesãs decadentes de Toulouse Lautrec. Era com elas que eu me parecia agora.

Abri a porta e, para minha surpresa, não era o funcionário que me trazia o chá, mas um senhor abatido com uma bolsa de viagem, que me trazia um buquê de flores amassadas.

– Francisco!

– Laura. Laura... – Francisco me abraçou, consternado. – Finalmente consegui chegar a ti. – Então segurou e beijou o meu rosto. – Como estás bonita, Laura. Como estás bonita.

Francisco entrou, soltou a bolsa, o buquê e sentou-se na poltrona que formava uma diagonal com a cama. Contou-me o motivo do atraso: problemas mecânicos no ônibus, que ficou duas horas parado no meio da estrada sofrendo reparos. Ficou desesperado.

Tentou me avisar que atrasaria, mas a ligação não completava. Tentou ligar de outro aparelho celular, mas também não conseguiu. Pensou em pegar carona, em alugar um carro, mas nada havia que pudesse fazer e, pela instrução do motorista, tudo seria logo resolvido, seria preciso mais um pouco de paciência. Falava com rapidez, estava nervoso. Pedia desculpas insistentemente por ter me feito esperar e sofrer.

Quando perguntei como me encontrou, contou sua odisseia no aeroporto:

– Cheguei lá tão afobado. Busquei-te por todos os cantos, até nos banheiros femininos entrei, Laura! E quando não te vi, saí perguntando a todos pela frente se haviam visto uma senhora com tuas descrições físicas. Foi uma moça que servia cafezinho que me viu e me chamou. Perguntou se eu era parente da Dona Laura. Eu falei que sim, e quando percebi, apertava seus braços para que me falasse logo onde estavas.

"Ela então me contou que ficaste esperando horas pela *tua filha* e que ela não aparecia. Me perguntou o que havia acontecido e, vejas só, me passou uma descompostura, dizendo que isso não era coisa que se fizesse com uma senhora, que era falta de respeito."

Nós dois rimos.

– Ah, meu Deus, coitado de ti.

– Depois me levou a um rapaz. Um tal de...

– Jorge.

– Isso. E ele me disse onde tu estavas.

Abençoada seja a moça que nem sei como se

chama, pensei. *E seu escudeiro Jorge.*

– Achei que tinha acontecido alguma coisa mais séria. Depois que tinhas te arrependido – confessei.

– Nunca, Laura. Nunca. Vamos sair daqui, meu amor, tenho um hotel reservado para nós dois. Um lugar muito mais bonito e mais digno de ti do que este.

Fiz o check-out mais rápido de minha vida e vi como as pessoas que haviam sido atenciosas comigo na recepção ficaram felizes com o desfecho de minha história. Senti-me grata por isso. Senti-me grata também e ao mesmo tempo orgulhosa por não ter cedido ao desespero e ligado para Carolina.

Dentro do taxi, Francisco e eu conversamos mais sobre a viagem, sobre os infortúnios, sobre os dias que teríamos pela frente. Ele me perguntou se eu ainda estava nervosa e se em algum momento durante meu trajeto me sentira arrependida. Minha resposta foi não, exceto quando achei que ele não apareceria, e ele mais uma vez foi assertivo dizendo que jamais faria tal coisa. E nós fomos nos distraindo e deixando aquele início trágico para trás.

Em questão de minutos não havia mais resquícios de tremor em minhas mãos, de frio no estômago, ou de tensão. Ao contrário, me senti inundada por um sentimento de paz e prazer. Me senti bem, corajosa, vitoriosa.

Chegamos a um hotel agradável e requintado, em um bairro residencial. Uma construção moderna, mas com ares clássicos. Contava com uma área verde lateral extensa para um hotel numa capital movimentada, e um jogo de luzes verdes fazia tudo parecer mais especial. Francisco cuidou de nosso registro, apresentou-me como sua esposa, e o concierge levou a bagagem para a nossa suíte.

Antes de subir, fomos ao bar-restaurante para tomar um drinque. Mesmo com receio de ingerir álcool, aceitei. Conversamos por algum tempo, a bebida servindo como um fluido que deixou as palavras mais soltas, o mundo externo bem longe dali.

Depois de algum tempo, subimos ao quarto.

A suíte, ampla, recebia a luz das lâmpadas verdes do jardim. Finalmente a sós, nós nos abraçamos e nos beijamos. Lembrei-me da expectativa de nosso primeiro beijo e foi como se o experimentasse pela segunda vez, a diferença era que agora éramos mais íntimos e maduros. Não houve o que temer naquele momento e nem pressa de nenhuma das partes. Tínhamos todo o tempo do mundo.

Talvez isso seja algo que a maturidade traz de bom. Após certa idade, não se sente mais tanto afã, tanta ansiedade. A sensação de que o tempo se esvai e de que não se pode perder um só minuto, pertence, paradoxalmente, aos jovens que ainda contam com um tempo infindável pela frente; a nós, que já estamos no inverno de nossas vidas, não é preciso correr. Que tudo se dê ao seu tempo.

Francisco me amou com leveza, cuidado, afeição. Fez com que eu me sentisse à vontade, respeitada, sem, nem por um momento, questionar o que fazíamos. Percebi, então, que minhas primeiras preocupações de ordem prática haviam sido infundadas. Tudo fluiu naturalmente, como deveria ser.

Não, não havia passo-a-passo para o amor, nem manuais a serem seguidos, ou poses cinematográficas a serem imitadas. Fomos nos entregando aos poucos, conhecendo nossos corpos, sentindo nosso cheiro. Ao contrário do que eu temera, não me senti intimidada por minha nudez ou pela dele. Explorei-a lentamente com mãos que acariciavam sem uma preocupação pré-estabelecida de dar ou extrair prazer. Ele fez o mesmo comigo, sentiu a textura da minha pele, acariciou-me com os olhos, com os lábios.

Por mais inadequado que isso possa parecer àqueles que me lançariam olhares julgadores e jamais me absolveriam, a verdade era que finalmente eu tinha minha lua de mel; a minha primeira vez e com o primeiro e único homem que amava. Acontecesse o que acontecesse este era um presente que a vida dava para mim.

Francisco e eu dormimos e acordamos juntos como tantas vezes havíamos sonhado separadamente. Ficamos um tempo a mais na cama, prolongando a suavidade do nosso encontro, e depois descemos para tomar café. Mais tarde andaríamos pela cidade.

Eu já conhecia Porto Alegre, estivera ali anos antes com meu marido e minhas filhas, mas tanto tempo havia se passado, que tudo parecia novo e inexplorado novamente.

Andamos pelas ruas, entramos em lojas, passeamos por seus jardins, almoçamos em uma cantina italiana. Tomamos vinho apesar de meus remédios e das assustadoras interações medicamentosas, que felizmente não tiveram vez. Há quanto tempo eu não fazia isso? Senti-me tão bem.

À tarde, fomos ao cinema e relembramos a época de nossa juventude, época em que ele me seguia pelas calçadas, me fitava no saguão, sonhando conversar comigo. Falamos desse comportamento e, ao mesmo tempo em que rimos, lamentamos o tempo perdido. Assistimos ao filme com as mãos entrelaçadas.

Quando saímos do cinema, Francisco e eu ainda conversamos por algumas horas, a tarde caía e o tempo encurtava. Falávamos sobre tantos assuntos ao mesmo tempo, que era como se quiséssemos dar conta de cinquenta anos de ausência em poucas horas de interação. No dia seguinte, tomaríamos o ônibus para Luzeiros e nos separaríamos por algumas horas. Eu chegaria na data que havia informado ao meu irmão, e ele, conforme havíamos combinado, apareceria lá no dia seguinte, meio de surpresa, como se não soubesse de minha presença.

Passamos mais uma noite no hotel. Uma noite igualmente terna, porém um pouco diferente da anterior, mais descontraída, digamos assim. Conversamos, fizemos amor mais uma vez e brincamos, rimos. Rimos! Meu Deus, eu não sabia que se podia rir na cama, que era cabível, permitido. Ai, vida minha, por que não nos demos esse direito antes? Lembrei-me mais uma vez de minha noite de núpcias e das várias outras noites que se seguiram, ano após ano, no mesmo ritmo. Eu nunca havia feito amor.

Acordamos no dia seguinte e fomos para a rodoviária. O trajeto demoraria as conhecidas quatro horas. Fomos juntos, lado a lado, como marido e mulher.

Na casa do irmão

Capítulo 23

Fui recepcionada com alegria na casa de meu irmão. Foi necessário um reencontro para podermos lembrar do quanto nos amávamos. Engraçado isso, a distância, às vezes, elimina as pessoas de nossas vidas, por mais queridas que sejam. Mas, engraçado também que basta olharmos para elas e toda a emoção volta à tona. Como voltou. Eu e João nos abraçamos e nos emocionamos. O mesmo aconteceu quando revi minha cunhada e meus sobrinhos.

João estava bem. Aparentemente bem. Não teci qualquer comentário sobre sua doença, deixaria que ele tomasse a iniciativa, o que aconteceu no mesmo dia, após o jantar, depois que minha cunhada se retirou.

– É, guria, o que fui arrumar... – introduziu o assunto. Chamava-me assim. Tinha o olhar parado.

– João, meu irmão. Como isso foi acontecer contigo? Com quem andaste? Como foste te descuidar assim?

– É... guria. Acontece com qualquer um. E não só com os outros.

– Mas e Lorena? Não pensaste nela? Nos meninos? És um homem de sucesso, de posição, por que sair por aí se aventurando, se envolvendo com sabe-se lá que tipo de gente?

– Claro que não pensei! – respondeu com impaciência. Era genioso. – E quem pensa em família nessas horas? Aconteceu, pô! E não venha me pedir para explicar por que fico me aventurando com "sabe-se lá que tipo de gente", porque, além de não ser verdade, isso é coisa de homem. Homem é assim. Dei azar, porra. E agora estou aqui. – Estava visivelmente irritado.

Fiquei sem saber o que dizer. O que se diz para um irmão doente?

– Mas se essa necessidade de se envolver com outras pessoas é tão latente, por que não te preveniste? Com tanta informação por aí, com tantos alertas na televisão, nas revistas...

– Não é latente, Laura. Apenas aconteceu. E quem é que fica dando bola para campanhas de televisão? Foi azar. Já disse, porra. Azar. O que está feito está feito. Agora quero é tentar viver melhor, viver alguma coisa que não vivi... Sei que vou morrer. – Ficou calado durante alguns minutos. – E estou com vergonha da mulher... – referiu-se à esposa. – Vai ter que me aturar doente, cuidar de mim. É isso aí. Merda. – Acalmou-se. – Que bom que estás aqui. Gosto muito de ti, guria. Não podemos mais ficar tanto tempo sem nos ver.

– Estás te medicando? Fazendo tudo o que podes?

– Estou, estou. Vamos lá, me conta as novidades do Rio.

Eu conhecia o meu irmão. O assunto doença estava encerrado. Ele estava transtornado, isso era visível, mas essa era a sua maneira de lidar com a situação: falar dela uma vez e encerrá-la para sempre.

Conversamos mais um pouco e fomos dormir.

***

No dia seguinte, Francisco apareceu lá com o pretexto de visitar João. Lorena, sabendo que nós havíamos tido um romance no passado, vibrou com aquele encontro aparentemente casual e tão bem elaborado pelo destino. Não falou que eu estava lá, tinha intenção de surpreendê-lo, de surpreender-me.

E, de uma forma ou de outra, eu me surpreendi.

Mesmo tendo estado comigo no dia anterior, Francisco não segurou a emoção de me ver ali, e de seus olhos começaram a rolar lágrimas que ele não conseguiu conter. Ficamos todos parados, sem saber o que falar. Ele tentou disfarçar, dizendo que estava gripado e eu, numa tentativa de esconder a emoção que era ali denunciada, fui rápida em lhe dar um abraço e comentar como era bom revê-lo.

Com a emoção sob controle, todos nós nos acomodamos nos sofás da sala e, entre saudações, perguntas e respostas, nos distraímos e relaxamos por um bom tempo. Ele querendo saber de coisas que eu já havia respondido, eu tentando segurar o riso de uma situação que, para mim, se mostrava constrangedoramente engraçada. Nos esforçamos tanto para disfarçar ao máximo nossa recente intimidade, que acho que conseguimos fazê-lo com maestria.

Meu irmão o convidou para voltar no dia seguinte, o que ele aceitou prontamente. Minha cunhada programou jantares e idas às famosas confeitarias de Luzeiros, o que foi logo acatado por mim. Enfim, nós nos veríamos todos os dias, exatamente como havíamos combinado, fosse de forma "casual" ou planejada.

Os dias que eu teria pela frente acenavam luminosos. Novas portas se abririam e deixariam entrar o sol sempre tão escasso em minha vida amorosa.

Antes de eu viajar, Carolina me dera ainda uma quantia em dinheiro para eu ir ao salão de beleza e procurar uma clinica de fisioterapia. "Quero que se sinta bem e bonita", disse-me. Foi o que fiz.

Além dos cuidados estéticos, me submeti também a algumas sessões de fisioterapia, como precaução para que minhas contraturas não voltassem a me incomodar. Mais do que bonita, eu me sentia saudável.

Tínhamos programas todas as tardes, ouvíamos música com a família, assistíamos a DVDs, tomávamos vinho. Nas várias vezes que fomos de carro às confeitarias, revi lugares que ainda guardavam as mesmas características que eu tinha gravadas em minha mente. *A boa filha à casa retorna*.

Com Francisco aparecendo diariamente, algumas vezes conseguíamos sair a sós para almoçar. Não podíamos sair à noite, para não causar estranhamento em sua casa, mas os dias nos bastavam e eram esticados o máximo que conseguíamos.

Uma tarde porém, ele me deu a notícia de que me levaria para conhecer o seu jardim. Por algum motivo que não me explicou, a casa estaria vazia e ele, finalmente, teria a chance de me mostrar onde e como morava, de onde me escrevia, onde dormia pensando em mim. Resisti um pouco, não achava correto ir a sua casa, mas acabei cedendo a sua insistência. Era muito importante, disse-me ele, que eu visse parte da vida que construíra.

A casa era agradável, bem cuidada, muito bem localizada. Tinha dois andares. Cômodos amplos e pé-direito alto, como as casas mais antigas do Sul. Seu escritório, de onde escrevia as crônicas para o jornal, era repleto de livros, discos em vinil, alguns CDs – era um homem muito culto e de alma musicada.

Mostrou-me uma varanda nos fundos, que dava para um pequeno gramado. Lugar pacato e feito de muitos tons de verde. Era lá que muitas vezes me escrevia ouvindo o Adágio de Albinone e tomando chimarrão. Pediu que ficássemos ali, queria gravar nossa imagem, juntos, naquela parte da casa. Indicou-me um sofá colorido e ali nos sentamos, emoldurados pela paisagem, como muitas vezes sonhara. Por um breve momento, imaginei-me ocupando o lugar de sua esposa, morando ali e dividindo a vida com ele. Foi um pensamento breve, doído, porém encantador.

Que falta

Capítulo 24

Que trabalho cuidar sozinha de um bebê foi a primeira coisa que pensei ao me ver só com Manuela.

E que falta mamãe estava fazendo. Mesmo que às vezes eu achasse que era colocada de lado [illegible], quase sempre [illegible] o pote de leite [illegible], os dias estavam mais complicados sem ela.

Desde que a [illegible] nascera, mamãe dormia várias noites na minha casa. Tínhamos um sofá-cama em frente ao berço e ela passava a noite ali com o propósito de acordar quando Manuela também acordasse e me poupar do cansaço no dia seguinte. "Eu [illegible] mais tarde", dizia ela. [illegible] a acordava, e mamãe dormia [illegible].

No dia seguinte, [illegible]

Que trabalho cuidar sozinha de um bebê, foi a primeira coisa que pensei, ao me ver só com Manuela.

E que falta mamãe estava fazendo. Mesmo que às vezes eu achasse que ela colocaria a fralda pela cabeça da neta, que ficaria colada na fita adesiva e sempre, quase sempre, deixasse o pote de lenços umedecidos rolar pelo chão, os dias estavam mais complicados sem ela.

Desde que a neta nascera, mamãe dormira várias noites na minha casa. Tínhamos um sofá-cama em frente ao berço, e ela passava a noite ali com o propósito de acordar quando Manuela também acordasse e me poupar do cansaço no dia seguinte. "Eu posso dormir até mais tarde", dizia ela. "Você não". E Manuela acordava, e mamãe dormia, inabalável.

No dia seguinte, depois que comentava como a noite tinha sido tranquila, via minhas olheiras e nós duas começávamos a rir. Essa lembrança, agora, tanto me divertia quanto me fazia sentir mais saudades dela.

Para completar, durante sua ausência, tive a companhia constante de meu pai, que, sem perceber como eu andava atarefada, cobrava-me atenção. Também carente, escolheu justamente esses dias para me pedir que lhe ensinasse algumas coisas das quais se sentia à margem. Por exemplo, usar o computador. Dei-lhe duas aulas e desisti. Ele não enxergava as letras, os óculos escorregavam pelo nariz, não sabia se olhava por cima ou por baixo da linha do bifocal, os dedos não cabiam no teclado. Havia uma sequência tão grande de senãos que lhe recomendei que fizesse aulas num curso de informática. Seria bom, preencheria o seu tempo e contaria com ajuda especializada.

Às vezes, não sei como as mulheres conseguem acumular tantas tarefas. Ter filhos, em claro e bom português, é uma experiência selvagem. As mães ficam com seus instintos aguçados, em alerta constante, a vida virada do avesso. Sempre levantei a bandeira de que quando fosse mãe, meu filho viria a somar, nunca subtrair. Com isso, entenda-se: eu continuaria a fazer tudo o que fazia, o bebê seria um alguém a mais que teria de entrar na minha rotina, não eu na dele. Não é bem assim, descobri.

Quanto ao meu marido, também virou criança de repente. Com ciúmes de atenção, começou a querer de mim cuidados para os quais nunca ligara antes. Será que eu poderia preparar seu prato na hora do almoço? Colocar botões em suas camisas, ou fazer bainha em suas calças? Queria também que eu assistisse a filmes com ele, tarde da noite, quando meus olhos insistiam em fechar. E que fôssemos a alguns shows de música, para relaxar. Havia tanta coisa acontecendo no Rio de Janeiro! Não seria o máximo? Com os hormônios fora de ordem e o corpo buscando o caminho de volta, qualquer exigência extra me sobrecarregava, todo e qualquer barulho me atordoava. Eu chorava pelos bicos dos seios. Senti vontade de estrangulá-lo.

Falei algumas vezes por telefone com mamãe. Parecia animada. Meus receios de que se decepcionasse no confronto da ficção com a realidade pareciam ter caído por terra. A realidade, pelo que contava, estava tão boa quanto a fantasia.

Perguntei como estava de saúde, e ela disse que estava bem, a troca de ares estava operando milagres. Perguntei sobre a saúde de meu tio, se estava sob controle. Os coquetéis que ingeria eram muito eficazes, disse-me, e, ao que tudo indicava, ele se tornara um homem mais dócil também, mais sociável e comunicativo, embora com ela sempre tivesse sido muito carinhoso.

Enfim, tudo estava ótimo, em paz, *ela* estava bem, o que fazia com que as coisas à sua volta fulgurassem em seus olhos.

Feliz

Capítulo 25

Os dias que passei em Luzeiros constituíram-se nos mais felizes de minha vida. Claro que eu sentia falta de todos em casa e me preocupava com minha família – Manuela estaria um bebê mais crescido quando eu voltasse –, mas, segundo Carolina, todos estavam se saindo bem sem mim.

Minha alegria era tanta naqueles dias, que comecei a tentar disfarçá-la para que meu irmão e minha cunhada não desconfiassem de meus motivos. Nunca fui de acordar sorrindo pelo simples fato de ver um dia ensolarado. Agora, até a chuva me alegrava. Tudo era bem-vindo. Aqueles que me conheciam, caso me vissem, certamente achariam que eu era um caso de dupla personalidade ou transtorno bipolar.

Um dia, estávamos todos assistindo a um DVD de música enquanto comíamos os doces luzeirenses – os bem-casados eram de se comer debaixo da cama – e tomávamos espumante gelado, quando, depois de horas de boa conversa e boa música, Francisco voltou para casa e eu fiquei na varanda com minha cunhada e meu irmão. Eu estava me sentindo tão leve e feliz que nem me dei conta de que, após sua saída, eu ainda continuava a rir e falar alegremente. Foi quando percebi o sorriso maroto no rosto de João e enrubesci. Estava patente a minha alegria e mais patente ainda o motivo de eu me sentir assim. No mesmo momento, encolhi-me envergonhada e inventei uma desculpa para sair da varanda.

Lorena percebeu meu desconforto e foi atrás de mim.

– O que houve, Laura? Estavas tão feliz!

– É isso o que me preocupa – respondi pensando no que fazer com aquele sentimento.

– E por que, ora? Isso é o que todo mundo quer.

– Estou com vergonha de ti e do João.

– Ah, deixe disso! Viva o teu momento. Eu sempre soube que ainda gostavas de Francisco.

Fiquei sem ter como negar.

– O João também sabe?

– Se sabe, nada comentou comigo. Se não sabe, só pode estar cego.

– Ah, Lorena, não brinques com isso. – Lorena riu.

– Não estão bons os teus dias aqui? Não te agrada a companhia de Francisco?

– Sim, mas acho que vou pedir a ele que não venha mais me ver aqui em tua casa. Fico constrangida por agir assim na fren...

– Quer dizer que não queres mais vê-lo?

– Não é isso, Lorena, mas estou na casa de vocês. O João pode achar...

– Nós dois prezamos muito a amizade dele, Laura. Francisco tem sido muito cordial e atencioso, principalmente nesta fase que João está passando.

– Sei disso, mas não sei se quero...

– Laura, se tu não quiseres esse homem por perto, eu quero! – exclamou Lorena com engraçada indignação.

Não consegui me segurar. Sua resposta fora tão espontânea que me pus a rir junto com ela. Na verdade, explodimos as duas numa risada. Jamais esperei ouvir um comentário desses da parte de minha cunhada. Meu Deus, o que as pessoas escondem em seu interior. Mas ela tinha mesmo razão, e eu sabia disso. Minha aflição fora apenas uma recaída. Eu continuaria a viver aquele momento, sim. Já chegara até ali, viveria até onde ele me levasse. Conto de fadas? Talvez, e por isso mesmo aproveitaria a oportunidade única de reinar soberana sobre mim.

***

Os dias passavam rapidamente – o tempo corre quando estamos felizes. Uma noite, para minha surpresa, Francisco me convidou para jantar. Estranhei o fato de sairmos à noite, mas nada perguntei. Ele escolheu um restaurante mais sofisticado, com meia-luz e música ambiente. Quando já se aproximava da hora de irmos embora, entregou-me uma caixa de veludo onde claramente havia uma joia. Eu a abri e me deparei com um lindo cordão de ouro e uma medalha com nossas iniciais. Fiquei emocionada e ao mesmo tempo constrangida. Junto com o cordão, o pedido de que assumíssemos nosso relacionamento, enfrentássemos amigos e família e finalmente ficássemos juntos.

Uma semana

Capítulo 26

Estava se aproximando a data do retorno de minha mãe. Cada vez que me telefonava, ela parecia mais feliz, mais descontraída. Outra pessoa. Sabia que sentíamos saudades suas, mas não tinha aquele ar nostálgico de quem já se cansou das férias e tudo o que quer é voltar ao convívio com os seus. Ela estava... Diferente. Tinha a voz mais firme também, mais decidida. Voltaria dentro de uma semana.

A volta

Capítulo 27

[illegible]

Mamãe voltou rejuvenescida. Alegre. A mudança de ares lhe fizera bem.

Preparei um almoço de boas-vindas em minha casa e matamos a saudade. Ela me trouxe de presente os maravilhosos bem-casados pelos quais eu era louca. Trouxe uma caixa deles – eu os comeria debaixo da cama – e, literalmente, grudou em Manuela, o que muito me agradou, pois eu estava cansada de ser mãe vinte e quatro horas por dia.

Falou sobre meus tios e primos e, até mesmo meu pai, – que há décadas não falava com o cunhado –, também perguntou por ele. Apesar das desavenças, não lhe desejava mal.

Na primeira oportunidade em que me vi sozinha com mamãe, perguntei como fora seu reencontro com Francisco, se fora tão bom quando parecera. E antes que ela tentasse pronunciar qualquer palavra ou construir alguma frase, duas expressões contíguas e opostas tomaram conta de seu rosto: enlevo e apreensão. Disse-me, em seguida e sem rodeios, que precisaria de ajuda para contratar uma empresa de mudanças interestaduais, pois se mudaria para Luzeiros para passar o que lhe restava de tempo ao lado do irmão, e depois moraria com Francisco.

Contou-me sobre o desencontro do primeiro dia, o que me deixou chocada por não ter ficado sabendo. *Por que não me telefonou? Eu teria tentado ajudar daqui! Mãe!* Depois falou do reencontro. E do quanto tudo fora maravilhoso a partir daí. Foi como se nada houvesse mudado, como se o tempo tivesse congelado e, de repente, voltado a correr: começaram de onde haviam parado. E não parariam mais, não queriam continuar a viver longe um do outro. Tudo já estava certo entre eles. Ele conversaria com a esposa, lhe contaria sobre o reencontro, lhe pediria perdão por suas ações, prometeria apoio e assistência eternos, mas não viveria mais com ela. Não sabia se ela entenderia, mas estava determinado a fazer o que durante muito tempo postergara.

Conversaria com os filhos também. Talvez não tivesse o apoio de todos, mas nada o impediria. Se o amassem como se julgava merecedor, entenderiam e torceriam por ele.

Em seguida, Francisco procuraria uma casa para se instalar com ela. Talvez não tivesse condições lhe dar todo o conforto que gostaria, por conta do compromisso financeiro com a família, mas nada lhe faltaria, nada faltaria para nenhum dos dois. Seriam felizes juntos, finalmente.

Ele viria a Vila Verde também. Falaria comigo e com meu marido, com o papai, caso ele quisesse recebê-lo, e daqui já esperava sair com ela de vez. Mamãe me contava tudo com um ar de felicidade entremeado com preocupação. Sabia que não seria fácil.

Tive então o vislumbre de uma hecatombe familiar. Eu não podia imaginar que aquela aventura fosse se tornar algo maior, algo tão grande quanto o que ela me trazia na bagagem. Imaginei apenas que o encontro deles seria um parênteses, uma tomada de fôlego para que a vida corresse melhor, para que eles pudessem então continuar se escrevendo ou até, quem sabe, se vendo esporadicamente. Mas a notícia que ela me trazia agora era preocupante. Foi como se eu estivesse olhando para a foto da família na tela de meu computador e ela começasse a se desintegrar, pixel por pixel, um cavalo de Tróia pondo tudo abaixo.

Mesmo com as imagens que me passavam pela cabeça, continuei apenas ouvindo. Deixei que ela usufruísse da possibilidade de um novo futuro, apesar de toda aquela história me parecer um sonho fabricado. Estranho mamãe mudar tanto assim em trinta dias. Eu havia passado a vida inteira com ela e nunca a vira tomar atitudes drásticas em relação a nada. Seria agora?

– Vou falar com seu pai. Vai ser horrível, minha filha. Eu sei disso. – Balançou a cabeça, aflita. – E não faço ideia de como ele irá reagir.– Pausa. – Tenho medo até que sofra um ataque do coração. Na hora, talvez até nem acredite. Levará um susto, achará que é mentira... Depois ficará chocado, com ódio de mim.

– Mas vai ter que falar, mãe..., se você realmente persistir com essa ideia – respondi. – Você e o papai vão ter que passar por esse momento pesado, porque não vai ser fácil mesmo. Mas depois tudo passa. O tempo resolve tudo. E ele vai se recuperar. Assim como você, ele tem consciência de que o casamento de vocês acabou há anos. – Abracei-a e ficamos uns segundos em silêncio. – Posso apenas te dar um conselho?

– Claro, minha filha. Dê.

– Não fale nada agora, espere uns dias. Vai encontrar o momento e o jeito certos.

Mamãe concordou comigo, sabia que precisaria esperar a empolgação passar para tomar decisões mais conscientes e encontrar a melhor forma de expô-las. Quanto a mim, no fundo, eu não acreditava muito no que ouvia, pois assim que D. Laura se pusesse a pensar no assunto, não haveria jeito nem momento para fazer o que tinha acabado de me dizer. Eu tinha certeza de que ela não sustentaria a decisão. Estava tomada por impulso, pelos dias de um feliz reencontro, pelo novo, pela festa.

– Sim, vou fazer isso, minha filha. Agora preciso chegar, desarrumar a mala, relaxar e pensar em *como* agir. Seu pai ficou bem durante a minha ausência?

– Ficou, correu tudo bem. Acho que se sentiu meio perdido nos primeiros dias, mas depois engrenou. – Eu não conseguiria falar mais do papai naquele momento. A bomba que mamãe trazia na bolsa tiquetaqueava dentro da minha cabeça.

– Quando Francisco ficou de falar com a esposa? – perguntei, achando que seria bom se ele esperasse um pouco também.

– Logo. Talvez já tenha até falado. Vai me ligar para contar como foi.

– Mãe, não acha que seria bom ele esperar mais um pouco também? Só para a emoção de vocês abrandar?– perguntei, de tão grande achei a imprudência.

– Talvez.

– Ou pelo menos esperar uma resposta sua?

– Eu já dei minha resposta, Carolina. Não queremos mais viver separados, já perdemos muito tempo, muita vida.

– Tudo bem. Você sabe que estou do seu lado. Apenas repito, espere uns dias para conversar com o papai. – Seguiu-se mais uma pausa e perguntei: – Quer que eu esteja junto quando for falar?

– Não, minha filha, não. Ele se sentiria traído por nós duas e ficaria com raiva de você também. Eu assumo tudo sozinha. Além do mais, vai precisar de você depois, para desabar, desabafar – corrigiu-se. Ato falho.

– Está bem, mãe. Mas me avise quando for falar, você sabe... Eu me sinto um pouco responsável por tudo isso que está acontecendo. Quero estar preparada também.

– Ah, Carolina, pelo amor de Deus, não. A responsabilidade não é sua, não fale assim. Você só me fez ver o que eu tinha medo de admitir. A escolha foi e é minha.

Não era bem assim. Claro que eu tinha minha responsabilidade naquela reviravolta toda e, agora, tudo o que eu queria era que nada daquilo estivesse acontecendo.

Mesmo sabendo que meu pai superaria o que estava por vir e que talvez, no longo prazo, até achasse que a separação fora uma boa escolha, aquela situação me assustava. Lembrei do anúncio de separação deles, décadas atrás, que me fez sentar encolhida num canto da casa em Luzeiros. Não era a mesma situação, é claro, mas o fantasma era similar. Embora com carga enfraquecida, uma sensação muito íntima e profunda de abandono me assombrou de repente.

Amadurecendo a ideia

Capítulo 28

Eu estava determinada, com um novo sopro de vida dentro de mim, um novo sentido para viver.

Luzeiros era a minha terra. Terra que eu abandonara mais de uma vez, mas que agora resgataria. Voltaria para lá. Voltaria também para o homem que eu amava desde sempre, o homem que era certo para mim. Nós éramos parecidos, como eu achei que seríamos, tínhamos as mesmas crenças, os mesmos gostos, falávamos a mesma língua e nos amávamos. Nada poderia dar errado.

Como Carolina sugeriu, esperei para conversar com Alberto e pedi a Francisco que fizesse o mesmo. Senti que ele ficou um pouco inseguro com meu pedido, pois achava que decisões difíceis deveriam ser tomadas logo, para poupar sofrimento e não dar lugar a dúvidas, mas concordou. Em poucos dias, porém – e ele frisou "poucos" – , ele me telefonaria para dar notícias da conversa com a esposa. Faria a sua parte e contaria comigo para dar andamento aos planos.

Assim que conversamos, no entanto, uma dúvida começou a me atormentar: será que ele teria mesmo coragem? Apesar de também não viver mais maritalmente com a esposa, eu sentia que ele era muito unido à família e que sua casa era o centro de convergência de todos os filhos.

Fiquei insegura de repente, com medo de que Francisco não sustentasse sua decisão. Por que fora pedir a ele para aguardar? Eu não tomaria nenhuma iniciativa sem ouvi-lo antes. Seria uma espera angustiante.

Voltei a frequentar a casa de minha filha, como sempre fazia, e a ajudar a cuidar de minha neta. Ela era um bebê lindo, olhos grandes, pele alva, lábios delineados a pincel. Estava gordinha também, com aquelas dobrinhas encantadoras, e começava a sorrir. Minha neta querida.

Não seria fácil eu me afastar dela. Na verdade, isso seria o mais difícil. Como deixar de fazer parte da vida de alguém tão especial? Quando eu fosse embora, nós deixaríamos de conviver, Manuela não criaria laços comigo e não me teria como avó. Uma criança não deve crescer sem essa presença. Lembrei-me de como minha mãe fora importante para minhas filhas e senti uma tristeza repentina pelo que eu deixaria de ser para minha neta. A sogra de Carolina já era falecida, Manuela só tinha a mim como referência. Ah, meu Deus, por que a vida impõe tantas escolhas?

Francisco telefonou dias depois e, como eu temia, estava muito angustiado. Falara com a esposa – não esperara o tempo que me prometera –, e se sentia muito mal por isso, tão mal que o tempo todo em que o ouvi, fiquei esperando pelo momento em que diria ter desistido. Disse-me que ela o culpara pelo fracasso do casamento, pela falta de cumplicidade e de amor. Sabia que ele nunca a amara como ela o havia amado e que o que os unia era o hábito, a rotina, a família. Mas a família não valia todo e qualquer sacrifício? Dividiram a vida por décadas, criaram filhos bonitos, responsáveis, saudáveis, tinham netos, envelheceram juntos. Isso não tinha o seu valor?

E quanto a ela como mulher? Doara sua vida a ele, como se separariam agora? Quem cuidaria de sua saúde, de suas fragilidades? E ele? Quem cuidaria dele, *ela*? Ela por acaso saberia a forma como ele gostava que dobrassem suas camisas? Ela? A mulher que vivera a vida inteira com outro homem e que agora também iria deixá-lo? *Pois vá*, dissera. *Vá viver com essa mulher, com esse espectro sempre tão presente em sua vida.* Francisco relatou-me todas as suas palavras, se desculpando pela crueldade de cada uma delas, ao mesmo tempo em que se julgara merecedor de tudo o que ouvira. Disse que tentou explicar a situação, apelar para o bom senso, para a compreensão. Discordou veementemente do que ela considerara *fracasso*. *Mais de quatro décadas de casamento não podiam ser consideradas fracasso*, disse-me e com razão. Mas a razão não tem vez nos rompimentos, e seus argumentos em defesa do que compartilharam ao longo da vida de nada valeram a não ser para agravamento da discussão.

De minha parte, não achei que as palavras de sua esposa tinham sido cruéis, mas palavras de uma mulher que se sentia traída, trocada por outra. Enquanto ele me narrava a discussão, fui me sentindo mal em relação ao lar que se desfazia e imaginando o que me esperaria na minha vez. Fiquei tão amargurada que passei a não ouvi-lo mais. Ele continuava a falar e eu a concordar sem saber com o quê. Senti vontade de desligar, a decisão dele estava tomada e anunciada, mas, mesmo assim, não achei que poderia sustentá-la. Disse a ele que pensasse melhor, que talvez devêssemos esperar mais um pouco, mas ele me pediu para que eu não lhe dissesse isso. Estava ansioso e preocupado. Sabia que parecia um menino assustado com o resultado das próprias ações, mas também se sentia orgulhoso por ter tido coragem de lutar por um amor que julgava eterno. Me queria ao seu lado, tudo seria mais fácil se eu estivesse com ele. Estava agora na casa de um dos filhos, esse, atônito com a notícia. Os outros não haviam conversado com ele ainda. Agora, precisava da minha confirmação, da minha atitude, para não achar que agira em vão. Sem saber o que mais dizer, eu disse que sim, que faria a minha parte.

Faria?, pensei amedrontada. *Ele cumpriu a palavra dele, Laura, cumpra a sua,* falou minha voz interior. Ah, que Deus me desse forças para persistir. Eu amava aquele homem. Sim, amava, e sempre tivera vontade de mudar de vida e procurar por ele. Não seria agora que ele fizera a parte dele que eu daria para trás. Que eu tivesse coragem, determinação. Meu desejo de uma vida se realizava, e nada nunca mais seria da mesma forma. Minhas frases de efeito deram-me alguns minutos de esperança e deixei a imaginação fluir.

Imaginei-me com Francisco, em um jardim semelhante ao que estivera em sua casa, emoldurada por belos tons de verde. Revivi os dias roubados que passamos em Porto Alegre, os passeios de mãos dadas. A ida para Luzeiros. Os filmes, os almoços, os olhares. Lembrei-me do amor, dos afagos, do riso, do cheiro.

Mais alguns momentos se passaram repletos de lembranças, e meu olhar vagueou por minha casa, pelo jardim e pelo verde que me cercavam. Olhei para a poltrona na qual há tantos anos assistia à televisão e na qual estava sentada quando tudo recomeçou. Não me sentaria mais nela.

Fui ao meu atelier, olhei para o cavalete, para as telas, para a paisagem da janela e me despedi dela, sabendo que não mais poderia retratá-la. Olhei para o chão e para o raio enviesado de sol que sempre cortava o tapete no mesmo lugar e agradeci aquela luz tão necessária ao meu trabalho. De lá, fui ao meu quarto, à cozinha, à varanda. Sentei-me próxima à janela e fiquei apreciando a vista montanhosa, minhas montanhas tão belas. Sentiria saudade delas.

Mas tudo isso eram coisas, pensei, cenários, detalhes. Bobagem temer deixá-los para trás, outras coisas viriam em seu lugar. De tudo, talvez só as montanhas me fizessem falta. Mas também havia beleza nas planícies, bastava treinar o olhar. Ai, Deus do céu..., eu sentiria saudades da casa também, para que negar? Na verdade, *como negar*? Sentiria saudades da cor e do cheiro dos móveis, dos sofás que eu mesmo estofara. Vivia ali há anos.

E meu marido, como reagiria? Eu não era feliz com ele, ele não era feliz comigo, mas algo nos unia. Havia muita mágoa entre nós, muitas acusações, mas eu também sabia que ele não era culpado sozinho. Eu jamais cheguei a amá-lo.

Assim como ele deixara a desejar, eu também o fizera. Sim, pensando racionalmente, seria melhor se eu fosse embora. Seria melhor que a verdade triunfasse. A questão era como? Como partir?

O dia foi passando, e minha mente tentando formar imagens de como seria minha vida a partir de então. Engraçado, mas eu não estava mais conseguindo, as imagens se formavam, mas não se fixavam. Era como se eu quisesse pintar uma superfície deslizante com tinta diluída; como se desse pinceladas aguadas em azulejos. Enquanto apenas sonho, a tinta fora mais espessa.

Ai, tomara Deus, que eu estivesse agindo corretamente; que esta outra vida fosse a escolha certa para todos nós.

À noite, ao me sentar para assistir à novela ao lado de Alberto, um sentimento de perda instalou-se em meu peito. Eu sabia que isso era normal e que, para ter forças, eu não poderia me prender ao que deixava para trás, mas ao que teria pela frente. Não titubear. Meu marido era um homem forte, com muita energia ainda. Reconstruiria a vida. Talvez minha partida fosse o melhor presente que eu pudesse lhe dar.

Olhei algumas vezes de relance para ele, sem que percebesse. Comentamos sobre o rumo da vida dos personagens da novela naquele último mês e emitimos julgamentos, numa metáfora perfeita do que viria a acontecer comigo nos próximos dias. Como era fácil julgar os outros. Antes do fim do último bloco, me despedi e fui para o meu quarto, sob o pretexto de cansaço.

Deitei e não consegui dormir. Temi passar a noite em claro. O que Estela, que nada sabia, acharia quando soubesse que a mãe, já uma senhora idosa, fora embora com outro homem? Pensaria que eu havia enlouquecido. Sempre sentiu ciúmes do pai. Se visse alguma mulher olhando para ele na rua, fuzilava-a com o olhar. De mim, jamais esperaria uma atitude assim. E quanto à Carolina e Manuela? Quanto tempo eu demoraria para vê-las de novo? Ai, meu Deus, em que situação eu me encontrava, que noite escura havia dentro de mim. Que amanhecesse logo e clareassem dia e ideias.

Eu já havia feito vários planos para a manhã seguinte: iria ao banco, veria o quanto tinha de dinheiro, checaria algumas agências de mudanças, me poria a agir. Embora sentisse que começava a fraquejar, decidi que não cederia a medos. Olharia para frente e faria tudo o que havia planejado.

Tarde demais

Capítulo 29

O dia amanheceu e com ele uma dor de cabeça fulminante. Falta de sono, certamente. Não me sentia com energia para fazer nenhuma das coisas que havia planejado e resolvi que tudo ficaria para a manhã seguinte.

No outro dia, a mesma coisa, com um agravante a mais: o tempo começava a esfriar e as temperaturas a darem sinal de vida. Senti medo de ceder ao mal-estar e me entregar ao meu antigo eu, senti medo de voltar a ser a antiga Laura, aquela que eu já julgava enterrada.

Aos poucos, fui me enclausurando novamente por conta dos dois fatores e, assombrada pelo fantasma da depressão, voltei a recorrer aos calmantes. As imagens de Luzeiros, que vi na última semana, mais do que pinceladas agitadas, começavam agora a perder sua nitidez, a se tornarem estrangeiras. Na medida inversa, as imagens obscuras que eu tinha de um novo outono passaram a se aproximar do realismo cruel que agora me empurrava, ameaçando cair como chumbo sobre meus ombros. Eu estava voltando a mim...

Sim, era eu que estava ali, era eu quem me auto-

O dia amanheceu e com ele uma dor de cabeça fulminante. Falta de sono, certamente. Eu não me sentia com energia para fazer nenhuma das coisas que havia planejado e resolvi que tudo ficaria para a manhã seguinte.

No outro dia, a mesma coisa, com um agravante ainda: o tempo começava a esfriar e as contraturas a darem sinal de vida. Senti medo de ceder ao mal-estar e me entregar ao meu antigo eu; senti medo de voltar a ser a antiga Laura, aquela que eu já julgava eliminada.

Aos poucos, fui me encolhendo novamente por conta das dores faciais e, assombrada pelo fantasma da depressão, voltei a recorrer aos calmantes. As imagens de Luzeiros, tão vivas na última semana, mais do que pinceladas aguadas, começavam agora a perder toda nitidez, a se tornarem estrangeiras. Na medida inversa, as imagens oníricas que eu tinha de um novo futuro passaram a se aproximar do realismo cruel que agora me espreitava, ameaçando cair como chumbo sobre meus ombros. Eu estava voltando a mim.

Sim, era eu que estava ali, era eu que me auto

habitava: a Laura de sempre, e não uma edição revisada e melhorada. A Laura de sempre, porém prestes agora a tomar uma decisão que mudaria a vida de duas famílias de forma irrevogável.

Senti então, claramente, que dava para trás e que o pânico me dominava. Junto com esse reconhecimento, seguiu-se também muita raiva. Uma raiva difusa, uma impaciência generalizada com as coisas e com as pessoas, fossem elas reais ou imaginárias. O mundo estava me causando claustrofobia. Eu queria desatar os nós que sentia no meu coração, mas não conseguia. O pensamento que me atormentava era um só: como fui fazer uma coisa dessas a essa altura da vida?

Meu Deus, eu não teria coragem de deixar a minha casa, a minha filha, a minha neta. E quanto ao vento frio do Sul? Eu que já sofria tanto nas baixas temperaturas da serra fluminense. Onde eu estava com a cabeça quando disse sim a Francisco?

Quanto mais tensa eu ficava, mais as antigas contraturas retorciam e esgarçavam impiedosamente o meu rosto. *Ah, eu não queria ser eu de novo*. Aumentei a carga de calmantes, eu não tinha condições de encarar os dias do jeito que estava. Com eles, nutri a esperança de que, quando me sentisse mais tranquila e equilibrada, rebobinaria o filme de minha vida e veria que, com certeza, eu deveria mudar, merecia ter uma nova chance. Que aqueles que eu temia deixar ficariam bem e que minha decisão seria boa para todos: para mim, para Francisco, para Alberto. Sim, boa para todos. Esse pensamento me ajudaria a resgatar as forças e a razão. Boa para todos... Para todos.

Sob o efeito dos calmantes, adormeci. Ao acordar horas depois, a clareza pela qual eu tanto ansiara, chegou.

Nunca tive grandes expectativas, grandes planos. A vida foi acontecendo, passando por mim. Tive sonhos e desejos, como qualquer outra pessoa, mas não o ímpeto de tentar realizá-los. Talvez tivesse uma visão ingênua do que fosse viver, pois, não importando muito a forma que agisse, achava que, como nos folhetins, tudo daria certo no final.

Sempre fui muito sensível, deixava a sensibilidade tomar conta de mim. Os acontecimentos iam se sobrepondo, e eu os internalizava e me ocupava em analisá-los, analisar as pessoas, ver suas reações, minhas reações, e aplicar a todos um ou outro julgamento.

Quando minha irmã faleceu aos nove anos de idade, senti-me culpada por sua ida. Em minha lógica infantil, julg*uei-me sem importância,* eu é que deveria ter morrido. *Tudo cessara em nome de minha irmã que se fora, nada ficara para os que ficaram. Ficar para quem, para quê? Em meio ao luto cultuado, fui crescendo introspectiva e insegura.*

Quando jovem, minha mãe assustava-se com meu jeito recluso. Obrigava-me a sair de casa, dar uma volta na rua, ir ao cinema. No cinema, conheci Francisco e nos apaixonamos.

Por motivos que nunca cheguei a entender, acabamos nos separando. Fui noiva de outro rapaz que jamais amei e com quem rompi, mesmo sob a ameaça de que se matasse. Mas fui firme. Estava de mudança para o Rio de Janeiro.

No Rio, comecei a trabalhar – o trabalho me salvaria, me daria horizontes, independência. Tive outras poucas experiências amorosas, casei-me. Parei de trabalhar, fechei meus horizontes e minha independência. Tive filhos.

Não fui feliz no casamento, resignei-me. Minhas fantasias, minhas análises, meus desejos foram paulatinamente calados. Sobraram-me livros, questionamentos e buscas que preenchem minha vida até hoje.

Não sei se fui boa mãe. Tentei, não sei se consegui. Pouco adianta pensar nisso agora. Minhas filhas seguiram seus próprios caminhos. Têm a profissão delas, são casadas, parecem felizes. Sinto falta delas e da época em que me sentia necessária. Tenho netos, um deles pouco me vê, quase não tem laços comigo. Manuela... Tomara Deus que sejamos amigas.

Não tenho vida profissional. Não segui carreira em nada. Admito que pinto bem, que tenho técnica, talento, mas sou uma pintora com resistência para produzir, sem ímpeto para vencer. Uma artista que não faz dinheiro.

Minha saúde é ruim. Dizem que boa parte de

nossos problemas clínicos vem do nosso estado emocional: somatização. Tenho consciência disso, mas consciência que pouco me adianta. Pouco consigo enfrentar meus medos, minhas angústias, essa é a verdade. Não consigo encarar meus problemas de frente, superá-los. E não será hoje, aos setenta e um anos, que me tornarei outra pessoa.

Não, não tenho condições de mudar. Nem por dentro, nem por fora. Mudar de cidade, voltar para o Sul, para morar com Francisco e fazer do que sobra de nossa vida um tormento? Não, isso não seria amor, seria inconsequência, loucura. Não irei, direi não. É tarde demais para nós dois.

Não

Capítulo 30

Nos dias seguintes, o assunto Francisco foi saindo de pauta, os olhos de mamãe perdendo o brilho recém-conquistado, a alegria dando lugar à costumeira apatia; as dores, a todo vapor. Eu não precisava perguntar o que estava acontecendo. Já sabia. Sabia desde o início.

Mamãe enfrentava uma batalha interna na qual não haveria vencedores. A possibilidade de viver a vida que tanto fantasiara e que finalmente teria chance de virar realidade, *versus* a impossibilidade de viver a vida que tanto fantasiara e que, finalmente, tinha chance de virar realidade.

Várias vezes, durante os anos em que me submeti à terapia, ouvi a frase bem-humorada de minha psicanalista: "A vida que escolhemos pode ser uma *merda*, mas é uma merda conhecida". *Bingo*. E, uma vez conhecida, sabemos lidar com ela. Já a possibilidade de mudança, essa estranha intrusa... O que fazer quando ela bate à porta? Estamos prontos para ela?

Por outro lado, neste caso, como ser simplista

assim? Como se sair de casa fosse meramente virar as costas, bater a porta e ir embora.

Inúmeros motivos impediam minha mãe de realizar seu sonho realizável: a saúde deficiente, a falta de dinheiro, de independência financeira. A idade, a contratura, a dor. A pele flácida e marcada, os laços e as obrigações que sentia para com meu pai, para comigo, para com Manuela. O medo, a entrega.

Culpá-la? Como? Talvez, no lugar dela, nas condições em que vivia, todos fizéssemos o mesmo. Além disso, ficar, voltar atrás e resistir também são atos de coragem. Não demorou muito, ela me disse o que eu já esperava ouvir:

– Escrevi a Francisco dando minha resposta. Não posso ir, minha filha. Não tenho condições. – Começou a chorar. Estava arrasada, desmontou. – Ai, que situação, que horror... Como pude fazer isso? – culpou-se, entre lágrimas e soluços. – Ele já falou com a esposa, abriu seu coração com ela. Irá me odiar, mas eu... Eu não posso, Carolina, não posso... Não tenho mais idade, mais saúde, não tenho coragem de deixar o seu pai, deixar vocês. Não posso ir, minha filha. Infelizmente, não dá mais. – Chorava copiosamente. Deixei-a chorar. Abracei-a.

– Ah, mãe. Eu sei, eu sei. Vem cá.

Cartas
Capítulo 31

Laura,

Mal posso acreditar no que acabo de ler em tua carta. Sinto-me como se estivesse no meio de um deserto, com ventos a me jogarem para um lado e outro; numa dança desesperada, embriagado, sem conseguir ordenar as emoções.

De nada valeram aquelas horas de comunhão intensa que vivemos juntos numa solidão só nossa, de homem e mulher? Não guardaste nada? Nada sobrou? Foi *tudo uma mentira? Como podes ser tão racional agora, só por causa de meia dúzia de empecilhos? Estou pasmo de ver escoar pelos teus dedos – mais uma vez – a realização de um sonho tão antigo.*

Por que és tão sôfrega a ponto de já teres esquematizado a desistência de um sonho tão lindo, tão antigo? *Terei errado eu, ou tu que erras? Em tua alma nada te molesta? Consegues desistir assim, tão assim? Por que tais medos te assaltaram? Meu Deus, sempre poderíamos visitar tua filha e tua neta! Quanto ao teu estado de saúde, passaste tão bem aqui. Além do mais, nada te faltaria. Terias sempre os melhores médicos à tua disposição.*

Será que eu te pareci inseguro? Ou tu que, simplesmente, estás insegura de teu amor? Laura, o amor não é algo que se escolha, que se controle; ao contrário, é um sentimento que toma conta de nós e não aceita negação. É uma intensidade emotiva, não a negue, não nos negue o direito a este amor.

Não é por termos vivido certo número de anos que envelhecemos. Envelhecemos porque abandonamos o nosso ideal. Os anos enrugam o rosto. Renunciar ao ideal enruga a alma.

Como podes fazer-me desistir de um de meus últimos e mais caros sonhos? Nada te sensibiliza? Só te restou esta racionalidade tão fria? Onde ficou todo o amor que mostraste ser capaz de doar? Por que desististes tão fácil assim?

Responda-me Laura. Responda-me, meu *amor...*

***

Minha para sempre querida Laura,

Ainda sob o impacto de te ouvir aflita e infeliz ao telefone é que te escrevo. Desculpa-me, mais uma vez, as palavras duras de minha carta anterior. Fiquei desesperado, sem chão. Me perdoe.

Minha querida, como diz um antigo e sábio provérbio oriental: não podemos impedir que a tristeza bata suas asas negras sobre nossas cabeças, mas podemos impedir que ela aí faça seu ninho.

Meu amor, relendo tua carta e rememorando tuas palavras ao telefone, sou obrigado a curvar-me, mais uma vez em minha vida, sobre nós. Pensaste certo. Tens razão, temos que aceitar que é tarde demais para nós dois.

Não bastasse o convívio seguido, íntimo e insuperável de mais de trinta anos com tua filha, tens agora a presença física e querida de Manuela. Sei o quão difícil seria para ti, como mãe carinhosa que és, te afastares delas, dessa extensão de tua família. Compreendo a segurança que te proporcionam no aspecto emocional, completando tua vida com tarefas e cuidados que lhes destinas com tanto prazer e que preenchem teus dias, tornando-os mais agradáveis e fáceis de serem levados. Sei o quanto isso é inestimável. Perdoa-me, por favor.

Penso com mais percepção agora, depois de tantas vezes rememorar tuas palavras, no clima ameno em que vives, para vires morar aqui no Sul de tanto frio, inimigo cruel de contraturas, seja de que etiologia forem. Pensei muito nisso e não, não quero que sofras. Basta de sofrimento.

Temos muitas lembranças boas e positivas que, pela dimensão que têm para nós, servirão como uma gigantesca ponte que haverá de nos unir, para sempre, como tem sido desde que tomamos conhecimento um do outro. Parecem poucas, mas pela sua dimensão, repito, são enormes para nós.

A primeira vez que te vi no saguão do Capitólio, as inúmeras vezes que te acompanhei na rua. Aquela matinê que fomos juntos, em que segurei a tua mão durante o filme. Aquela noite em que, só com a força do meu amor, te fiz chegar à frente de tua casa, aquele céu lindo e estrelado... O baile no Grande Hotel, em que dancei contigo. Nossos olhares transbordantes de amor. Aquela tarde em tua casa, quando fui ao teu encontro e nos beijamos pela primeira vez. E mais outras tantas lembranças, quase nadas, mas que para nós tiveram um peso impressionante. Tudo isso é inestimável. E serão estas lembranças, querida, que alimentarão o nosso coração enquanto respirarmos.

Bendito cartão apócrifo que nos aproximou. Até aquela data, estávamos como um braseiro adormecido que ia se alimentando das cinzas que ele mesmo criava, capaz de manter brasas vivas por longos períodos, brasas sempre acessas.

*Foi assim que sempre vivemos. Nossas vidas correndo completamente autônomas de nós, embora, com grande frequ*ência, como um relâmpago, a imagem de cada um se acendesse no cérebro do outro, deixando-o por alguns minutos acordado, recordando momentos vividos no passado, com deleite e carinho.

Temos mais agora, Laura, temos a lembrança daqueles dois dias em Porto Alegre, os quais valeram todos os anos de separação. Dias em que finalmente pude te ter somente para mim e em que, de repente, me senti jovem de novo, com capacidade de amar como jamais imaginei ao me estreitar em teus braços.

As horas felizes que levamos de Porto Alegre a Luzeiros. Como nos divertimos, como rimos descontraídos sem nos preocuparmos com mais ninguém. Nos sentimos sozinhos naquele ônibus... Depois, quando eu te levava diariamente ao tratamento que fazias. O dia em que bebemos cerveja naquele bar; as idas às confeitarias, a noite em que tomamos vinho juntos.

Meu Deus, dou-me conta agora de como nossa vida é toda feita de recordações muito caras para nós. Poucos saberiam compreender o porquê de enfatizarmos todas essas coisas tão pequenas em relação ao mundo e seus acontecimentos.

Minha Laura, a expressão que usaste: "É tarde demais para nós dois" deixou-me desesperado, a ponto de não conseguir mais definir-me. Desculpa, mais uma vez, o tom agressivo de minha outra carta. Mas agora, relendo-te tantas vezes, lembrando-me da aflição a que um dilema tão forte pode te levar, compreendo que é melhor mantermos o status de antes. Tens razão em tudo o que disseste.

Vamos continuar nos amando porque isso, além de tudo, é uma saga que a vida nos impôs. Vamos continuar nos querendo, meu amor. Nada irá se modificar. Faz de conta que já vamos nos encontrar de novo. No nosso imaginário, vamos pensar que estamos logo ali, um do outro. O telefone, o correio, irão manter esta crença. E um dia, um certo dia, que a todo Ele pertence, finalmente iremos nos reencontrar, seja pelo tempo que for. Aí então tudo será natural.

Só não quero que sofras mais. Recompõe-te. Tens razão. Não despreze a companhia do homem que casou contigo. Convive com ele no período que transcorre segundo a fruição que pedes que aconteça. Convive, não te sintas solitária. Não te quero solitária, deixa-o simplesmente te acompanhar como tem sido nestes últimos tantos anos. Continua vendo com ele novelas e filmes. O principal para mim é que nunca fiques sozinha. Eu estarei aqui no mesmo lugar, sempre, para o que precisares.

Vamos sim deixar fluir. Não te preocupes comigo. As atitudes que tomei, a conversa que tive aqui, tudo se ajeitará. Talvez, quem sabe, torne minha rotina menos pesada, pois a verdade, agora, habita a casa. Ficarei bem. Telefonarei para saber se estás mais calma, consciente, e pronta para enfrentar a decisão que tomaste. Fiquemos no aguardo dos acontecimentos. Beijo-te, assim como a Carolina e Manuela, a quem adoro como filha e neta. Deixemos fluir... Sê feliz, meu amor.

Estaca zero

Capítulo 32

Mamãe e Francisco trocaram mais uma ou duas cartas, falaram-se mais uma ou duas vezes ao telefone. Depois encerraram contato. Segundo ela, por opção dele. Sentia-se muito angustiado com a falta de perspectiva da relação que mantinham. Ao contrário do que propusera antes, diante da impossibilidade de ficarem juntos, seria melhor pararem de se falar.

Ela nunca mais tocou no assunto. Manteve-se calada, como se nada tivesse acontecido. Algumas vezes tentei conversar, saber como estava, se tinha noticias dele. Pouco falava. De tudo o que viveram, parecia que nada havia restado, só se referia ao ocorrido com sentimento de culpa. A velha e conhecida culpa a corroía.

Durante alguns anos, ainda dedicou seus dias a mim e à neta. Por insistência da família, chegou a voltar a pintar. Fez um retrato meu a óleo e outro de Manuela, últimos trabalhos seus.

Mais idosa e cansada, e mais fragilizada pelas dores, foi se tornando cada dia mais distante, mais reclusa, como se vivesse uma vida à parte. Não ouvia o que lhe dizíamos, estava sempre alheia.

Levei-a para investigar uma possível perda de audição, mas nada se encontrou neste sentido, sofria, sim, de déficit de atenção, ou, melhor traduzindo: eu, Manuela, meu marido, seu marido, a vida em si, não importavam mais. Vivia entre nós, mas nunca estava ali. Ausência na presença.

Passou a ficar mais tempo em casa, de cama, sem ânimo para levantar, para os afazeres domésticos, para os trabalhos manuais, para sair. Manuela, mais crescida, passava as tardes na creche, ao mesmo tempo em que eu me vi tomada por um ritmo mais apertado de trabalho. Seguiu-se, então, um período de menos contato entre nós, o que foi muito ruim e teve sérias consequências.

Paralelamente, a casa em que mamãe morava, já antiga e muito grande, foi sofrendo com a falta de cuidados e adquirindo aparência de abandono. Com a umidade, foi também acumulando bolor e lhe causando alguns problemas pulmonares que a levaram a precisar de acompanhamento médico constante. A logística familiar para socorrê-la estava complicada, tão complicada que era quase imperativo que meus pais mudassem de casa e fossem para um lugar menor e mais perto de mim. Com muita relutância, consegui convencê-los a cogitar a ideia.

Providenciei então a mudança deles para um apartamento meu, pequeno, mais quente e aconchegante, com comércio próximo e perto de minha casa. Junto com a mudança, uma acompanhante para ajudar no dia-a-dia, fazer os trabalhos domésticos e conversar.

Apesar dos inúmeros defeitos que meu pai colocou no novo bairro, na vizinhança e na acompanhante – o lugar era feio, os vizinhos mal-educados, e essa mulher que não para de falar? - a medida pareceu acertada e trouxe bons resultados. Depois, no entanto, cessada a novidade, mamãe voltou a se encolher e a ficar de cama novamente.

Sem saber o que mais fazer, considerei a possibilidade de trazê-la para minha casa - tinha uma área de lazer extensa, transformaria parte dela em uma suíte. Meu pai, eu sabia de antemão, não viria com ela.

A ideia pareceu boa na época e todos concordaram. Calados e discretos, mamãe e Antonio se dariam bem sob o mesmo teto, ela ficaria em um ambiente mais animado, perto de mim e da neta e, consequentemente, mais feliz.

Fiz então os arranjos necessários em casa e a trouxe comigo. O que também pareceu dar certo durante alguns meses, até mais uma vez deixar de ser novidade, e novos problemas e reclamações começarem a surgir: minha casa tinha escadas, a suíte era isolada e fria, ela dependia de mim para sair e, a mais séria de todas, Manuela se afastara, ou em suas próprias palavras, não gostava mais dela.

Não era isso, sentimentos de amor à parte, a neta não via mesmo mais como se aproximar da avó, sempre com o semblante fechado e sofrido.

– Crianças percebem quando as pessoas estão tristes e deprimidas, mãe, e acabam se afastando mesmo, mas por uma questão de defesa – cheguei a falar.

Que ela encontrasse forças para reagir e, assim, tudo melhoraria à sua volta. O que mais eu poderia fazer, eu me perguntava, senão dizer a verdade?

Na mesma época, voltei a estudar, comecei uma nova graduação. Angustiada com a decadência de mamãe e movida por questionamentos profissionais, saí em busca de outra atividade que me abrisse novos caminhos, o que com o tempo se mostrou acertado. Mamãe, no entanto, sentiu-se mais sozinha ainda, mais isolada, com menos vontade de viver, de se recuperar. Os dias que se seguiram foram difíceis para todos.

Uma noite, ao chegar da universidade, encontrei-a só na cozinha, a caixa de medicamentos virada em cima da mesa, cartelas e mais cartelas vazias de calmante. Tinha o olhar apático, vidrado, os lábios espumando de tantos remédios. Olhei para ela, abri sua a boca à força e retirei algumas dezenas de drágeas brancas. Senti raiva. Briguei, gritei. Se quisesse dar fim à vida, que o fizesse longe de mim, que voltasse para sua casa. Nada muito nobre de minha parte, tenho consciência, ainda mais em um momento em que tudo o que se precisa é de acolhimento e compreensão. Mas foi isso o que fiz. Por que agi assim? Acho que porque seu sofrimento em excesso passou a me agredir. Sim, eu me sentia agredida pelo sofrimento de minha mãe, pois nada do que eu fazia surtia efeito, nenhum esforço meu era reconhecido, o meu desgaste não contava. Em seguida, a raiva passou e senti pena: dela, de mim, de todos nós.

Nos dias seguintes, confusa com os meus próprios sentimentos, comecei a fazer contato com amigos e conhecidos, busquei ajuda de um neurologista e de um psiquiatra e levei mamãe a algumas consultas.

Quanto aos exames clínicos, tudo perfeito: apesar das complicações pulmonares que haviam surgido e das dores faciais, mamãe ainda era fisicamente forte. Quanto ao acompanhamento psiquiátrico, tive a impressão de ser eu a paciente em potencial, pois mamãe entrava lúcida nas consultas, firme, os sentidos aguçados, a guarda alta, programada para desafiar o cidadão que iria vasculhar sua mente. Não gostava mesmo da classe.

Após uma das consultas, o médico me chamou à parte e nos dispensou com uma receita de fluoxetina. "Para as duas", frisou e completou: "Ela é uma senhora lúcida, culta e inteligente. Precisa de convivência com outras pessoas. O isolamento é o que há de pior para o idoso."

Ouvi calada o que me disse, mas fiquei muito irritada. Eu, analisada, várias vezes revirada do avesso, senti ímpeto de mostrar a ele que a única pessoa lúcida ali, na verdade, era eu; que mamãe o manipulava e que ele nos julgava de forma apressada e superficial.

Mas não fiz nada disso, aceitei as amostras, agradeci a atenção e fomos embora. Entre as coisas que me dissera, em um ponto, pelo menos, ele tinha razão: faltava a ela a convivência com gente de sua idade, com quem pudesse compartilhar lembranças, interesses, lamentos. Há algum tempo mamãe e eu não compartilhávamos outra coisa que não cobranças e obrigações, e de ambas as partes. Parecia que nossa amizade e nosso gosto por conversar, sempre tão fortes ao longo da vida, adormeciam em algum lugar no tempo e no espaço.

A partir desse dia, procurei alguns programas para terceira idade em que pudesse incluí-la. Grupos de senhoras alegres, produtivas, que faziam ginástica, artesanato, que conversavam entre si. *Isso*. Mas *isso*, no entanto, pouco adiantou; cada dia ela surgia com uma justificativa diferente para não sair de casa: está frio, está quente, estou com sono, estou mal, não estou bem. Voltamos à estaca zero.

Disse-me então que sentia falta de sua casa, de seu canto, da companhia de meu pai. Relutei um pouco, achei que ficaria mais isolada lá do que comigo, mas acabei cedendo. Ela voltou para o apartamento, e eu voltei com a acompanhante.

Com o correr tempo, de volta ao apartamento e à companhia de meu pai, além de todo o desconforto que vinha acumulando, mamãe desenvolveu também uma disfunção de cordas vocais que foi erroneamente diagnosticada como um sintoma de *Mal de Parkinson.* Ficamos todos muito mal, fiquei desolada. Após uma uma nova bateria de exames, contudo, e sem outros sintomas que caracterizassem a doença, o diagnóstico foi descartado e substituído por outro, a seu modo também desesperador: *o tremor na voz de sua mãe* é *uma patologia raríssima, inominável, de fundo psicossomático.*

Sem saber o que fazer, eu percebia claramente sua derrocada e me assustava por ela ser tão veloz. Eu me perguntava se, ao fraquejar diante da depressão, ela fazia com que seu corpo fraquejasse também. Estaria adoecendo daquela forma porque vivia agora uma realidade pura, sem mais nem um sonho deixado como válvula de escape? Llosa estaria tão certo assim em sua tese sobre a ficção?

Procuramos outro psiquiatra, agora também uma fonoaudióloga, e começamos novo tratamento. Mamãe chegava em casa com vários exercícios para fortalecimento das cordas vocais e, onde os colocava, eles ficavam. Ela simplesmente não se interessava por segui-los. Percebi depois que, por mais esdrúxulo que isso possa parecer, ela chegava a se divertir temporariamente com os ruídos que emitia, transformando os grunhidos em música e brincando com os sons. Quando via alguém se aproximar, dizia: "Olha que curioso", e emitia seus sons. Nas consultas psiquiátricas, contudo, a lucidez e a manipulação se repetiam. Se para o novo psiquiatra tudo também estava dentro da normalidade, para a família, a convivência com ela estava dificílima; além de todos os problemas, seu silêncio agora era ruidoso, gutural.

Meu pai, também idoso e sem condições físicas e emocionais de lidar com o estado dela, começou a gritar por socorro. Eu socorria, conversava, dava um jeito. Ele dizia que não aguentava mais, eu dizia que todos precisávamos aguentar, era preciso unir forças, assumir responsabilidades. Meu pai foi um homem para quem, constantemente, eu precisava mostrar limites.

No auge do desespero, ambos chegamos a cogitar colocá-la em uma clínica geriátrica, mas felizmente, faltou-nos dinheiro e coragem. Acho que não me perdoaria se o tivesse feito.

Seguiram-se mais momentos angustiantes em que ninguém sabia o que fazer e em que qualquer coisa que se fizesse trazia a sensação de erro. Eu me culpava por minha dedicação distante, quase administrativa, mas sentia que, caso me aproximasse mais, sucumbiria ao sofrimento dela e abriria mão de mim. Ao mesmo tempo, quanto mais pensava em mim, mais me sentia abrindo mão dela. Nas inúmeras conversas que tenho comigo, pedi ao meu intimo que me indicasse uma saída, pois eu não estava conseguindo lidar internamente com o que vivia.

Foi num dia em que a vi horas deitada com o olhar parado, sem querer levantar, sem dar atenção à acompanhante ou a mim, que a saída se mostrou naturalmente, como um sopro de consciência em uma mente vazia: eu iria respeitá-la, aceitar sua entrega e resignação.

Foi naquele momento que cheguei à conclusão de que renunciar à vida é uma escolha, um direito de cada um. Talvez o fardo estivesse pesado demais para ela, e coubesse a mim respeitar sua vontade, sua falta de vontade.

Não me esquivei das obrigações de cuidar dela – sempre tive um bom senso de humanidade dentro de mim – mas passei a ver nossa relação como a de alguém que cuida de alguém, e não mais como a de uma filha que quer salvar a mãe. Continuei a lhe dar suporte financeiro, a levá-la às consultas, a manter a acompanhante ao seu lado. Me certifiquei de que nada lhe faltasse. Meu pai me acusou de ter esfriado e de deixar de amar quem sempre me amou incondicionalmente. Não era isso. O amor raiz estava ali, intacto. Foi o amor demanda que precisou sair de cena.

Assim, por instinto de proteção, saindo em defesa de minha saúde emocional, reduzi meu envolvimento e ergui uma parede entre nós. Não vi outra saída, não podia ensinar ninguém a viver, tampouco viver a vida de alguém. Não podia levar mamãe comigo, não queria embarcar com ela.

O Haiti é aqui

Capítulo 33

Janeiro. Um desastre climático se abateu sobre a serra, em especial sobre a cidade onde morávamos. Relâmpagos, trovoadas estrondosas e chuva muito forte, uma chuva que não cessava.

Manuela me chamou de madrugada, estava assustada com o estrondo dos trovões, mas eu, cansada e com sono, não dei muita atenção ao que acontecia do lado de fora: *Dorme-que-a-chuva-já-vai-passar*.

No dia seguinte, acordamos todos sem luz, começamos o dia e Antonio saiu mais cedo para trabalhar. Pouco depois, para minha surpresa, ele voltou encharcado, as roupas sujas de lama, o olhar abatido.

– A cidade veio abaixo. A chuva de ontem causou deslizamentos de terra por todos os lados. Os morros desceram, muitas casas desabaram. Nunca vi nada igual, Carolina. – Estava tão abalado, que se sentou na escada do jardim e me pediu que o ajudasse a tirar os sapatos. Estavam pesados de lama.

Ouvi as notícias e pedi que ficasse com Manuela, eu precisava sair para ver com os próprios olhos tudo o que falava.

Desci a rua a pé e parei no meio do caminho, quando vi os outros vizinhos agrupados e olhando para o morro que descera. Não havia como passar. Quase todos os moradores estavam reunidos ali, perplexos, sem saber o que fazer. Logo abaixo, na estrada, havia árvores, postes e carros virados, fios arrebentados, casas destruídas, lama e pedras imensas por toda parte. Carros de bombeiros, ambulâncias, caminhões da defesa civil, helicópteros do exército e de canais internacionais de televisão sobrevoavam a cidade. Algo de muito sério se passara naquela noite.

No asfalto, em meio a todo aquele caos, pessoas transitavam a pé, famílias inteiras com bolsas e mochilas nas costas. Tratores tentavam abrir caminho, sirenes por toda parte. Um clima de verdadeira catástrofe.

Comentários dos mais diversos surgiam naquele pequeno grupo: "Prédios caíram no centro da cidade", "Centenas de pessoas soterradas", "O rio subiu mais de um metro, invadiu lojas e residências".

Voltei para casa com uma sensação de desolamento. Na mesma hora pensei nos meus pais. Sem passagem, com os cabos telefônicos no chão e sem energia, não haveria como fazer contato com eles. De minha varanda, fiquei olhando a paisagem devastada. Tinha ainda um resto de bateria em meu celular e, mesmo julgando impossível, tentei telefonar para eles. A ligação não completava. Mais uma vez eu me vi impotente.

Decidida a não ficar em casa, arrumei o que pude para sair imediatamente dali, eu não suportaria ficar ilhada sem saber o que acontecia no resto da cidade e no bairro onde meus pais moravam. A desobstrução da rua e o restabelecimento da rede telefônica e elétrica demorariam dias, ficamos sabendo em seguida; logo ficaríamos sem água também. Preparamos nossa saída sem saber onde ficaríamos hospedados.

Certos de encontrar refúgio na casa de parentes, deixamos nossa casa. Com a rua bloqueada, tivemos que atravessar a mata para chegar à estrada principal. Manuela estava com medo. Para descontrair, recorremos à Família Von Trapp em sua fuga pelos Alpes suiços, lembranças e músicas nos acompanharam pelo trajeto.

Foi quando cruzamos a cidade a pé que tivemos a verdadeira noção do ocorrido: pedras imensas vindas dos morros haviam levado abaixo tudo o que encontraram pela frente e ocupado não somente a estrada, mas as ruas da cidade; rios e nascentes haviam transbordado transformando as ruas em mares de lama; casas, prédios e hospitais amanheceram destruídos; caminhonetes abertas acomodavam corpos em sacos pretos. Milhares de vítimas na catástrofe serrana, estragos nas proporções de um terremoto. *O Haiti é aqui*, pensei.

Tão logo chegamos à via principal, tentei ir à casa dos meus pais, mas não consegui. Não havia acesso, uma avalanche de terra cobria a avenida. Depois de muito pensar, consegui contato pelo telefone de um comerciante vizinho. A ligação completou e fui informada que o condomínio deles não tinha sido atingido, apesar de todo o entorno estar inundado. Respirei aliviada.

No dia seguinte, já instalada, recebi o telefonema de um rapaz avisando que mamãe havia passado mal durante a noite, tivera uma parada cardíaca, fora levava às pressas para uma unidade de salvamento e de lá para um hospital público.

Hospedada a mais de seis quilômetros do centro da cidade, saí determinada para ver minha mãe. Se não chegasse a ela de carro, chegaria andando, afirmei, sem saber que saía em vão: de onde eu estava, não havia como passar para o outro lado da cidade.

Voltei e tentei contato por telefone com o hospital, o que também não aconteceu. Mais dois dias se passaram sem eu ter notícias dela quando, finalmente, soube que o acesso fora aberto e consegui chegar ao hospital, demorando horas naquele trajeto que normalmente se percorria em vinte minutos. Para o diabo o tempo, eu precisava era chegar.

Cheguei
Capítulo 34

O hospital fervilhava de gente. A muito custo, encontrei mamãe em atendimento precário, sem identificação, medicada apenas com soro e analgésicos. Sem ninguém que soubesse me dizer o que acontecera, e ela sem voz para me contar, perguntei à médica plantonista se poderia removê-la para outro hospital. Mais uma vez a resposta foi a de que os acessos a outras casas de saúde ainda se encontravam bloqueados.

Somente dois dias depois, consegui a transferência. No hospital de destino, fui avisada pelo motorista da ambulância, que eu precisaria acompanhá-lo, a escassez de pessoal era inquestionável. Fui com ele e tive dúvidas se chegaríamos vivos. Com a sirene ligada, o motorista desviava em alta velocidade de escombros, crateras, pedras e pedestres. *Esse homem vai nos matar*, pensei, sem esboçar emoção.

Silêncio

Capítulo 35

O trajeto com mamãe na ambulância ocorreu nos mesmos moldes da ida para buscá-la, só que agora, mais do que antes, era preciso muita cautela. Acredito que o incômodo que sentiu com todas as manobras violentas do motorista deva ter sido imenso, ele, no entanto, não parecia se dar conta.

– O senhor não pode ir mais devagar? – pedi algumas vezes.

– A senhora está preocupada porque não está acostumada. Eu estou – respondeu-me após bom tempo ignorando meu espanto por sua direção digna de um suicida.

Para nosso alívio, após a transferência, eu e papai pudemos visitá-la todos os dias. Na primeira semana, quando nos via, mamãe se emocionava e nós, abalados com sua emoção e felizes por ainda tê-la conosco, pedíamos a ela que reagisse, que tivesse força, vontade de se recuperar. Acariciávamos suas mãos, prometíamos mudanças, poderíamos fazer melhor. Ela apenas nos olhava sem nada responder. Meu pai chorava com frequência durante as visitas.

Nos dias seguintes, por conta de problemas pulmonares, mamãe acabou precisando de oxigênio. Ficamos assustados, sabíamos como era alto o risco de infeções em pacientes dependentes de ventilação mecânica. Após duas semanas, ela foi submetida a uma traqueostomia. Em ambos os casos, estava totalmente extinta qualquer possibilidade de comunicação.

Cada vez mais enfraquecida, agora com o incômodo adicional do corte na traqueia, ela não melhorava. Papai e eu ficávamos ao lado de seu leito sem ter o que falar com ela ou entre nós. Foram dias angustiantes e de muito cansaço.

A unidade, por sua vez, estava lotada, todos ali, direta ou indiretamente, eram vítimas da catástrofe recente. Familiares, religiosos, amigos de outros pacientes entravam nos horários de visita. Monólogos e rezas preenchiam a meia hora permitida. Sem ter como confortar mamãe e sem poder conversar com ela, eu massageava seus pés. Meu pai a observava e sofria.

Os dias passavam e ela parecia não reagir, não acordava no horário de visitas, seu corpo não respondia. Nossa angústia foi crescendo, mamãe mudava de cor e ganhava aquele tom amarelado dos que estão perto da morte. Sua pele ressecava, seu corpo inchava. Sua entrega estava agora fisicamente anunciada.

Seguiram-se dias de total silêncio entre meu pai e eu durante as idas ao hospital. Eu continuava a dirigir por horas e engarrafamentos para pegá-lo e depois enfrentar o trânsito até lá. Na UTI, nada acontecia, nada mudava, o quadro estava estagnado, em compasso de espera. A posição dos médicos era sempre a mesma: *Ela precisa reagir*.

*Ela n*ão vai reagir, eu pensava, resignada. E *se depender da vontade dela de viver, nada vai acontecer*.

Trinta dias. Foi esse o tempo que mamãe ficou na UTI do hospital após sua transferência. Oscilando entre raros momentos de possível recuperação e recaídas pesadas; entre instantes de quase lucidez e de sono induzido por medicamentos.

Cansada, um dia desabafei com uma amiga que tinha passado por uma situação semelhante, anos atrás, e o que ela me disse foi um tanto assustador:

– Carolina, liberte sua mãe, talvez o que ainda a prenda aqui seja você. Sussurre em seu ouvido que está tudo bem, que ela pode ir em paz.

Eu faria isso?, me perguntei. Além de ter dúvidas de que qualquer discurso meu pudesse surtir algum efeito em relação à vida de alguém, eu teria coragem de lhe dizer para morrer? Tive medo, repulsa pela ideia. Não.

No dia seguinte, quando eu estava novamente em visita, senhoras voluntárias entraram e pediram permissão aos familiares para rezarem por seus doentes. Embora eu seja um tanto cética em relação a intervenções divinas em assuntos terrenos, procurei não ser intransigente e muito menos rude: mal não faria.

Mas acontece que as rezas pelos enfermos continuaram por dias a fio, às vezes altas e cantadas, outras vezes acompanhadas por coreografias de braços estendidos que abarcavam todos os leitos. Faziam súplicas fervorosas pela vida de cada um, exaltando a bênção que era viver. *Atenda-nos, Senhor! Amanhã essa mulher, esse homem, todos os nossos irmãos sairão andando daqui!*

Fui tomada de um grande incomodo por todo aquele fervor. Eu estava cansada, abalada. Como podiam deixar isso acontecer numa UTI? E que certezas tinham aquelas senhoras de que a vida era uma bênção para todos os seres viventes? Que certezas tinham elas de que todos ali queriam viver? Ao final da visita, pedi à plantonista que, por favor, não deixasse mais isso acontecer. Ofereci diversos argumentos e, por fim, a pregação parou, migrando talvez para outras alas do hospital.

Após mais alguns dias sem acordar, mamãe finalmente abriu os olhos. Estavam bem pequenos e opacos, e nós nos olhamos demoradamente. Sem pensar no que faria, aproximei-me de seu ouvido:

– Mãe, se você quer ir, vá. Não lute contra, não sofra mais, vá tranquila. Errou como todo mundo, acertou como todo mundo. Sem problemas, sem tristeza, sem medo. Sem pendências entre nós. Está tudo bem, tudo certo. – Beijei-a. – Eu te amo. – Seus olhos então se encheram de lágrimas que escorreram por seu rosto.

Meu pai ao lado, olhou-me como se eu tivesse fincado um punhal em seu peito.

– O que você fez? O que disse? – Estava sofrendo também e muito mais do que eu poderia imaginar.

Balancei a cabeça e fiquei em silêncio. Ele não entenderia.

Não veem que estou bem?

Capítulo 36

No outro dia, mamãe não abriu mais os olhos. O médico plantonista nos chamou para conversar:

– Sinto muito, mas não há mais esperanças, é uma questão de espera agora.

Mais uma vez um misto de culpa, tristeza e agora susto tomou conta de mim. Senti-me responsável. *Fui eu que fiz isso?* Senti raiva de minha amiga. Havia dito a minha mãe que se fosse e agora era como se eu a tivesse enxotado da vida. Era como se, de repente, eu tivesse interferido num ciclo que não era o meu e apressado sua morte. A culpa era minha.

Tive vontade de reverter a fala, de engolir minhas palavras, de voltar no tempo. Rebobinar todo o filme e ter outra atuação. Ser mais humana, mais paciente, mais doce, mais filha. Lembrei-me de como as rezas das senhoras haviam me incomodado e me senti monstruosa: elas, ao menos, rezavam pela vida, enquanto eu incentivara a morte. Num ímpeto, como se para me redimir de meus atos, decidi que buscaria um padre para lhe dar a extrema-unção.

Eu não frequentava igrejas, não conhecia ninguém que pudesse chamar, mas sabia que seria importante para minha mãe ter um religioso para lhe preparar para o fim. Talvez esse fosse um desejo que, se tivesse sido possível, ela teria esboçado.

***

Mamãe faleceu por volta da meia-noite do mesmo dia, uma semana após ter completado 79 anos, horas depois de ter recebido a extrema-unção. A vida inteira me disse que dos oitenta não passaria.

A notícia chegou para mim pelo telefonema da médica plantonista daquela madrugada. Sua voz branda e amiga suavizou a notícia.

Me sentindo anestesiada, não consegui chorar. Agi como uma executiva no preparo dos procedimentos necessários, fiquei ao lado de meu pai em todos os momentos, mas em nenhum deles me emocionei. No íntimo, era como se nada daquilo estivesse acontecendo de fato ou se concluindo. Era como se mamãe ainda estivesse presente, mas ágil e livre agora, observando o próprio corpo e atônita com os olhares penalizados voltados para ela.

Por que sofrem por mim?, talvez perguntasse. *Não vèem que estou bem?*

Essa sensação me acompanhou por todo o tempo até o envio de seu corpo para o crematório. Lembro que, em seu velório, tentei perceber alguma coisa a mais, uma manifestação qualquer, uma comunicação que confirmasse o que eu sentia, mas nada aconteceu, estava tudo parado. Eu olhava para ela, vestida com a roupa mais vibrante que encontrei em seu armário, e não a imaginava morta. Em seu caixão, a pedido meu, não havia flores, o cheiro de coroas fúnebres me é sufocante.

Quando o entardecer foi chegando e os amigos e parentes saindo da capela, fantasiei que ela também saía com todos nós. Nada mais havia a ser feito ali, presa a um corpo que ficava para trás. Com sua cremação marcada para o dia seguinte, voltaríamos ao amanhecer.

– Vai ficar velando o corpo? – perguntou-me alguém.

– Não. – *Nem ela*, pensei, imaginando-a fazendo um último passeio de despedida pela cidade.

Purpurina

Capítulo 37

O dia estava chuvoso e frio, apesar do mês de fevereiro. Propagandas de sol, céu azul e calor inundam o imaginário das pessoas nos meses de verão, mas é o cinza que se faz presente na serra fluminense.

O dia seria aquele, já estava marcado para que tudo acabasse de vez. Logo cedo, passei na papelaria e comprei glitter e purpurina coloridos, vários potinhos, várias cores, tons quentes que realçassem junto ao branco da névoa e ao verde da paisagem. Manuela estava intrigada.

Passei na casa de meu pai e, no caminho, busquei meu marido. Ele se ofereceu para dirigir, mas preferi ir ao volante. Gosto de estradas. Pista seca ou molhada, névoa, chuva ou sol, não importa; tenho um lance com o asfalto que nem sei explicar.

Manuela, curiosa e empolgada, tagarelava o tempo todo. Melhor assim, temos a vida inteira para sentir o fardo das perdas, não é preciso ter pressa. Meu pai, ritualístico e sofrido, sofria ainda mais por discordar de minha ideia que, no mínimo e mais uma vez, lhe parecia falta de respeito. Não era, tinha um simbolismo importante para mim.

Passei pela patrulha rodoviária, pelo portal VOLTE SEMPRE e saí da cidade em direção a uma das paisagens mais bonitas que conheço.

Lá, onde o vale se abre e o mar se esboça ao longe, onde o ar é puro e a amplidão tocante, foi o lugar escolhido.

Após uma manobra não muito segura para trocar de pista e uma parada não muito apropriada no acostamento estreito, descemos todos do carro.

Eu nunca havia parado ali, tão perto do precipício. Segurei minha filha firme pelo pulso.

– Pa-ra-de-pu-lar – disse, com meu tom enfático-materno. Pedi a papai que me seguisse com a mão em meu ombro. Antonio, apreensivo, olhava para o carro e para nós, queria todos inteiros.

Encontramos solo mais seguro e menos irregular no topo de um muro de contenção. Ali, peguei quatro sacolas plásticas, abri a urna funerária e distribui as cinzas entre nós. Abri os potinhos de estilhaços brilhantes e joguei-os dentro das sacolas.

– Na minha, não – disse meu pai, contrariado.

– Isso aqui é a vovó? – perguntou Manuela.

– É. O corpo dela. Farinha agora. Farinha de osso.

– Achei que seria escuro, como a cinza do charuto.

– Às vezes ficam assim, mas as cinzas da vovó estão clarinhas, feito farinha mesmo. Vamos balançar para misturar.

Balançamos. Misturamos os brilhos às cinzas e as jogamos aos punhados no ar. A farinha esvoaçou, cintilou. Essa foi a primeira vez que Manuela viu a avó brilhar.

Um certo dia, que a todo Ele pertence

Capítulo 38

Olhei-me demoradamente no espelho. Apreciei meus cabelos castanhos longos e encaracolados, minha pele lisa, morena, o vestido florido com decote em V. Tinha os dezessete anos de então. Levantei e ajustei o cinto ao corpo, alisei as meias finas, calcei os sapatos altos. Afastei, avaliei melhor. *Talvez*.

Retornei ao espelho e meus cabelos se tornaram curtos, já não tão castanhos quanto antes e menos encaracolados. Minha pele um pouco mais madura e não mais tão lisa, o vestido mais alinhado e adequado aos meus quarenta e poucos anos. Estava bonita ainda. Muito bonita.

Jovem ou madura? Um pouco mais magra? Mais ou menos maquiagem? Deveria levantar mais os seios? Como *ele* me imaginava?

Como ele chegaria? No auge dos vinte e dois anos, jovem, tímido, alto, galante? Ou na moderação, segurança e maturidade da idade madura? Quem dera me fosse possível espiá-lo chegar para então me adequar à sua aparência.

Ah... e se ele aparecesse na forma como o vira da última vez? Lindo, sim, sempre lindo o meu homem, mas... Não, eu não conseguiria fazer o mesmo. O tempo pesa mais para as mulheres, que sofrem muito mais com o peso do tempo. Aos oitenta anos, meu amado amor mantinha o mesmo porte, o mesmo olhar, a mesma voz doce. Ah, sua voz... Que efeito tranquilizante tinha ela.

Mantinha-se magro e saudável também, as rugas um certificado do homem vivido que era, do homem que lia, refletia, escrevia. Homem que muito franzira a testa para enxergar melhor o que lhe parecia turvo.

Quanto a mim, minhas rugas me lembravam algumas tristezas, alguns momentos de difíceis escolhas. O viço que perdi, quando abri mão de tantas coisas que desejava, estivesse eu certa ou não. Marcas que eu não queria mais carregar. *Sem rugas, espelho meu*.

Continuei a experimentar, a brincar com a idade, com as formas, com os cabelos. Decidi-me pelos quarenta e poucos anos, mas por cabelos mais longos e mais escuros, no mesmo tom castanho da mocidade. *Pronto, assim*. Tudo era possível naquela existência etérea.

E quanto à casa? O receberia aqui, não havia dúvidas. Pela primeira vez eu tinha uma casa só minha, as paredes coloridas a meu gosto, os sofás cheios de almofadas, móveis rústicos, outros mais modernos, o velho e o novo juntos, integrados. Os quadros nos lugares certos, equilibrados nas paredes, e não mais, nunca mais, com as tais leves inclinações que só eu era capaz de perceber.

O quarto que seria nosso aguardava arrumado; a cama macia com manta clara e rendada, as cortinas leves, diáfanas, por onde se viam nuvens e estrelas. O quarto onde finalmente seríamos livres para nos amar.

Então me ocorreu: como seria anunciada sua chegada? Recebera a mensagem da partida, um sopro, uma aragem, um quase sussurro, um hálito suave. *Estou indo, meu amor*.

Sorri e decidi não me preocupar. Saberia, sentiria, como tantas vezes sentimos um e outro. A distância não nos separara nem mesmo quando a vida não nos unira. Agora, teríamos a nossa vez.

Fui à janela, felicidade e dor se mesclaram. Foi como se um pouco de mim permanecesse ainda em carne. Pensei em meus netos, em minhas filhas, em Alberto. Agradeci o que fizeram por mim, e beijei-lhes o rosto. *Está tudo bem, meus queridos.*

***

Abri lentamente os olhos. Acariciei os braços, senti-os frios. A cortina esvoaçava na janela, trazendo consigo uma brisa macia. Imagens diversas me passaram pela cabeça como fotografias antigas em preto e branco. Lágrimas brotaram e rolaram sem explicação. Senti um leve arrepio ao longo da espinha e levei a mão à face em que senti o beijo. Nos dedos umedecidos, o perfume de minha mãe.

Olhei ao redor, atenta, tentando perceber alguma coisa a mais. Nada de tangível acontecia. Minha respiração foi se acalmando e felicidade e dor se mesclaram. Pela janela, vislumbrei o azul do céu que amanhecia e joguei um beijo no ar. Um dia, eu seria nuvem também.

[...]

As asas que Deus lhe deu
Ruflaram de par em par...
Sua alma subiu ao céu,
Seu corpo desceu ao mar...

(Ismália, Alphonsus de Guimarães)

Impressão e Acabamento
Bartira
Gráfica
(011) 4393-2911